EL ENCUENTRO

«Me he perdido, por favor llévame a casa»

SILVIA KOLIN

Ibukku es una editorial de autopublicación. El contenido de esta obra es responsabilidad del autor y no refleja necesariamente las opiniones de la casa editora.

Publicado por Ibukku
www.ibukku.com
Diseño y maquetación: Índigo Estudio Gráfico
Copyright © 2018 SILVIA KOLIN
ISBN Paperback: 978-1-64086-118-3
ISBN eBook: 978-1-64086-119-0
Library of Congress Control Number 2018933768

ÍNDICE

DEDICATORIA

Para la Princesa Saraí Venegas

"No hay familia perfecta, pero el amor de Dios cubre multitud de pecados."

Agradecimientos

A quien me ha dado todo, mi Señor y Salvador.

*¡**YESHUA** es Su nombre!*

A usted que está leyendo este libro. ¡Mil gracias!

«Porque no hay casualidades, hay propósitos divinos»

PRÓLOGO

Valentina se paseaba frente a la cocina viendo con rabia al plomero que trataba de reparar a la brevedad posible el problema que había en el fregadero, hacía dos semanas que ella había llamado a la compañía para solicitar el servicio y habían enviado al inexperto Jacinto, que en lugar de arreglar el daño lo había empeorado.

«Pues es que está canijo trabajar teniendo al lado a semejante mujerona que lo ve a uno con ojos de pistola, todo el rato estuvo ahí parada viendo como le hacía para destapar la tubería y pues uno se pone nervioso» Fue la explicación que Jacinto le dio a su jefe cuando Valentina llamó furiosa para quejarse del mal trabajo.

–Ese plomero que ustedes han enviado seguro es un aprendiz, porque no destapó la tubería, la dejó toda rota y ahora tengo toda la cocina inundada. ¡Envíeme a alguien que tenga experiencia en su trabajo porque si no lo hacen los voy a demandar!

–En unos minutos le enviaré al mejor plomero de la compañía señorita López, y por supuesto, usted no tiene que pagar ni un céntimo.

–Aunque me cobrara yo no le pagaría, pero ni el saludo – Le contestó Valentina furiosa y espero a que llegara el nuevo plomero que para su gusto se tardó una eternidad.

Valentina López vivía sola en un bonito y amplio departamento en el corazón de Nueva York, siendo una exitosa diseñadora de modas se había acostumbrado a la buena vida y a que las cosas se hicieran con rapidez, a un solo tronar de sus dedos. Era temida por sus empleados por su dureza y exigencias llegando al grado de no tener empleados estables, los más pacientes aguantaban a lo máximo dos meses y salían corriendo jurando que no volverían a trabajar con una patrona tan déspota y exigente.

Desde muy niña había tenido una muy clara inclinación por la moda, y se esmeró al estudiar diseño y alta costura siendo una de las estudiantes más sobresalientes en el Instituto Pratt, y a pesar de la oposición de su padre, Don Heliodoro López, abrió su propio taller de costura alcanzando rápidamente el éxito.

Con el paso del tiempo Don Heliodoro acepto la decisión de su hija, y hasta asistía a los exitosos desfiles de moda de su machorra hija, como él la llamaba por no tener novio y negarse a la posibilidad de algún día casarse. El solo tema era motivo de controversias y a veces hasta alejamientos entre ella y su padre, aunque siempre su madre, la alegre y jovial Catalina Arriaga de López, intervenía para que las aguas se calmaran entre padre e hija.

–Deben de aprender a aceptarse tal y como son. Tú Valentina, trata de entender a tu padre que lo único que quiere es verte feliz, y para él lo serás cuando estés casada, y tú Heliodoro, deberías de estar orgulloso de que esta chamaca tenga tanto éxito, aunque siga soltera, porque bien que vas y te sientas en primera fila en esos desfiles de modas pavoneándote y diciendo que eres el padre de la diseñadora más famosa de Nueva York.

–Pues ni modo que no esté orgulloso de la chamaca mujer –Le contestaba Don Heliodoro y se agarraba los tupidos bigotes que le servían hasta para usarlos como servilleta por lo grandes que estaban –Pero también quiero que se case y

que nos dé nietos, no me quiero morir sin conocer un cacho-
rrito que lleve mi sangre y ande por ahí brincando y espan-
tando a las vacas cuando me lo lleve al rancho , porque eso si
Valentina, en cuanto tengas hijos yo me los trepo en un avión
y de ahí pal rancho a que conozcan la buena vida.

Valentina se ponía roja de rabia al escuchar a su padre
y comenzaba a quejarse con Catalina, que siempre tenía las
palabras adecuadas para calmar las tormentas de discusiones
y malentendidos entre esos dos seres que eran parte de ella.

—¿Ya escuchaste mamá? Lo único que mi papá quiere es
que tenga hijos, como si las mujeres solo sirviéramos para
eso. ¡Y para colmo quiere que sea macho como él!

—No exageres Valentina, tu padre no ha dicho eso. Solo
quiere ser abuelo y pasar tiempo con sus nietos, a mí también
me gustaría tener un pedacito de vida tuya entre mis brazos.
¿Te imaginas hija? Una carita de ángel bajada del mismísi-
mo cielo que nos venga a dar un mensaje de Dios.

Y cada vez que Catalina mencionaba esa carita de ángel,
algo saltaba dentro de Valentina, tanto que llego a asustarse
pensando que tenía un demonio dormido dentro de ella que
al escuchar la palabra ángel despertaba para defenderse y
hasta destruirla si fuese necesario, todo con tal de no salir del
nicho en el que se había acomodado por tanto tiempo.

—No comiences con tus dichos mamá, si quieren un nieto
adóptenlo ustedes porque conmigo no hay esperanzas de que
suceda pronto, porque para ver esa carita de ángel necesito
quien me lo haga y eso se ve muy lejano.

—No seas malcriada Valentina —Refunfuñaba don Heliodoro y cambiaba la conversación apenado algunas veces por

sus comentarios que sabía lastimaban a su hija, mientras Catalina se reinventaba alguna historia de esas que solo cuentan las madres que saben sanar las heridas del alma con las palabras dichas en el tiempo perfecto.

El plomero seguía trabajando diligentemente bajo el fregadero, tratando de arreglar el desperfecto agravado por su compañero y Valentina estaba más impaciente que de costumbre.

–¿Cómo cuánto tiempo se tardará? –Le pregunto en una de las múltiples vueltas que dio frente a la cocina.

–Pues no se señorita, esto esta difícil de arreglar–Contesto el plomero sin siquiera mirarla.

–Es que tengo una cita hoy y ya casi es hora. ¿Le importa si se queda solo por unos minutos? Mi hermana llegará pronto y ella se encargará de firmarle el recibo.

El plomero casi brinca de alegría al escuchar la petición, pero se contuvo y se apresuró en dar una respuesta positiva a su exigente cliente.

–No se preocupe señorita, usted puede irse tranquila que yo me quedaré trabajando para dejarle la plomería como nueva, solo avísele a su hermana que estaré aquí, no vaya a ser que al llegar se asuste y hasta llame a la policía.

–¿Y usted piensa que ella no sabe que usted está aquí?

–Solo pensaba señorita.

–Pues usted no piensa muy bien que digamos. En fin, me tengo que ir, ella se llama Laura y estará aquí en unos

10 minutos, y acuérdese que el departamento está lleno de cámaras, digo, por si no lo sabía.

—¡Maldita vieja, con razón está sola!

La paciencia del plomero se ausento por una milésima de segundo y estuvo a punto de arrojar sus herramientas de trabajo sobre Valentina, pero recordó la carita de sus hijos y se contuvo.

—¡Si no fuera por ellos ahorita mismo ahogaba a esta presumida y déspota!

Valentina salió dando un portazo con teléfono en mano y llamo a Laura, su fiel amiga, para advertirle que por un momento se había convertido en su hermana.

—Le dije al plomero que eres mi hermana y llegarás en unos 10 minutos, así que no te tardes.

—Pues qué bueno que me avisas, voy en camino, pero hay un tráfico de los mil diablos. ¿Te vas a tardar?

—Para nada, estaré de regreso en unas tres horas, solo firmare el contrato y eso no toma mucho tiempo. Ahí hay sushi y una botella de tu vino favorito para que no sientas la espera y en cuanto termine el plomero te puedes ir.

—No, mejor te espero Valentina. Tengo algo muy importante que decirte, algo que pasó anoche y me gustaría que fueras tú la primera en saberlo. ¿A que no sabes quién viene a Nueva York la próxima semana?

—Ni idea amiga. ¿Quién viene? ¡No me digas que ese rancherito siembra elotes del que me has hablado tanto!

—Ni más ni menos Valentina. ¡Quién sabe que mosca le ha picado, pero por fin accedió visitarme!

Valentina colocó el móvil sobre el tablero de su auto y encendió el altavoz para tener las manos libres y ponerse un poco de brillo en los labios mientras seguía conversando, aunque en realidad no le importaba mucho saber los detalles de la visita del rancherito, como ella le llamaba a la futura visita de Laura.

Busco en su bolso el labial con esa destreza tan característica de las mujeres y rápidamente lo encontró, acto seguido se acomodó frente al espejo retrovisor de su auto y puso manos a su obra de embellecimiento mientras Laura seguía hablando en el móvil.

Aceleró un poco para ganar tiempo al ver el reloj en el tablero de su auto, iba un poco tarde a la importante cita donde firmaría el jugoso contrato de exclusividad para una prestigiada cadena de ropa, con lo que ganaría mucho dinero y su trabajo sería reconocido internacionalmente, y sonrió al pensar en ese sueño a punto de ser una realidad, en todos los años de esfuerzo y dedicación a sus proyectos y en cómo se había quedado poco a poco sola debido a lo que los demás llamaban mal carácter, despotismo, vanidad y un sinfín de adjetivos que estaban muy lejos de ser verdad, según su propia perspectiva, porque ella no se veía así.

Ella se veía una mujer enfocada, dedicada a sus proyectos, trabajando con excelencia, y muy pero muy independiente. Ella no era como su madre, la dulce y tierna Catalina viviendo siempre para complacer a los demás, y ella jamás se casaría con alguien como su padre, el macho Heliodoro, que hasta el nombre lo identificaba como un hombre intransigente que lo único que quería era hacer su voluntad sobre todos los demás sin importarle si estaban de acuerdo o no.

Ella nunca entregaría su espacio a alguien así, porque ella no había nacido para ser una mujer sumisa y tonta, ella había nacido para alcanzar el éxito y estaba en el camino correcto, y un esposo solamente llegaría a arruinarle sus planes y a pedirle un hijo, y eso era algo que ella no deseaba ni necesitaba en ese momento de su vida.

¿Tener un hijo solo para complacer a su padre, ese viejo anticuado que era más macho que los machos y se la pasaba hablando de su vida frustrada en el campo por la escasez económica, y renegando de vivir en la ciudad? No, eso ella no lo haría jamás.

«Quizá más adelante» −Pensó en voz alta y en ese momento su voz se convirtió en un grito que se perdió en la inmensidad del tiempo.

−¿Valentina? ¿Sigues ahí? Pregunto Laura, pero el silencio fue la única respuesta.

CAPÍTULO UNO

Valentina estaba de pie frente a una imponente montaña que se erguía altiva y desafiante, a lo lejos se escuchaba el aullido de los lobos, anunciando a los que se atrevieran a adentrarse en ese terreno desconocido la suerte que podían correr, pero ella no se inmuto. Observo con ojo ágil a su alrededor y un fuerte dolor en el lado derecho de su cabeza la inmovilizo por unos segundos.

—No sé cómo carajo llegue aquí, pero esto no me gusta nada. ¿Dónde estará Laura?

Dio unos cuantos pasos hacia adelante tratando de recordar cómo había llegado hasta el pie de esa montaña que ni siquiera sabía en qué lugar del planeta estaba, pero su mente estaba en blanco, aunque eso no la preocupaba mucho ya que no era la primera vez que le sucedía.

Hacia unas cuantas semanas había tenido la última laguna mental debido a una larga noche de juerga con sus nuevos socios, los empresarios que le habían conseguido ese jugoso contrato con la tienda de departamentos. Esa noche habían ido a celebrar a un concurrido antro de la gran manzana y al terminar se habían ido a seguir celebrando con mucho whisky, tequila y vodka al departamento de Laura, y cuando Valentina había despertado no tenía ni idea de cómo había llegado ahí, y mucho menos recordaba las últimas horas en el antro donde ella, animada por el efecto del alcohol y los aplausos de sus acompañantes, se había quitado la blusa para convertirse en una GO-GO dance por unos minutos.

—¿Me lo juras Laura? ¿Yo hice eso? —Preguntó a su amiga, asustada ante la sola idea de que su padre, el recio y muy macho Heliodoro se diera cuenta, porque en el fondo ella seguía respetando y amando a su padre a pesar de no compartir las mismas ideas.

—Te lo juro, estabas como enajenada Valentina. Pero no te preocupes, no hiciste nada malo, solo te quitaste la ropa de encima y te quedaste luciendo tu coqueto brasier y el panty que te combino perfecto con las luces, y si no te bajamos quizá te hubieras convertido en la bailarina del momento.

—Pues no me acuerdo de nada, pero si tú dices que me divertí mucho pues que bueno, pero ojalá y mi padre nunca se dé cuenta porque entonces si me va a matar.

El dolor en la cabeza la hizo volver a la realidad y la obligo a enfocarse y buscar el camino de regreso, aunque no tenía ni idea por donde comenzar y busco por inercia su teléfono móvil, solo para darse cuenta de que no tenía con ella ni su bolso, mucho menos su móvil.

— ¿Dónde pude haberlo dejado? Haber Valentina, enfócate y recuerda porque hoy si creo que estas bien perdida.

No bien había terminado de decir esas palabras, cuando vio a lo lejos lo que parecía un hombre montado en un asno que se dirigía hacia el lugar donde ella estaba, confundida y adolorida.

Por unos instantes pensó que era una visión provocada por el golpe en la cabeza que sin duda se había dado en algún momento que ella no podía recordar, porque si no fuera así no sentiría ese agudo dolor que ya la estaba preocupando.

Se froto los ojos y volvió a dirigir su mirada hacia el sitio donde había visto eso que imagino un hombre cabalgando sobre un cuadrúpedo y se rio de ella misma al no ver nada.

«Debo de estar volviéndome loca, casi podría jurar que era un hombre montado en un asno»

Intento olvidar el asunto, como era su costumbre cuando no encontraba una explicación lógica a lo que sus ojos veían o sus oídos escuchaban,

Encogió los hombros y se agacho para acomodarse los pantalones que estaban llenos de lodo de las rodillas, hacia abajo, y trato de recordar cómo se había ensuciado tanto. Ella no acostumbraba frecuentar sitios que estuvieran pantanosos, no era una escaladora de montañas y hasta tenía cierta repulsión por la tierra. ¿Qué había pasado para que ella estuviera en esa condición, con ese dolor en la cabeza, llena de fango y en ese lugar?

Se dio cuenta que eran pasadas las 5 de la tarde por el sol que ya comenzaba a esconderse en el lado oeste y sintió hambre, sed y por primera vez miedo. Sabía que estaba en medio de una situación difícil y si no recordaba pronto como había llegado hasta ese lugar, todo se complicaría.

Decidió avanzar hacia el lado oeste guiándose por el sol que poco a poco se iba ocultando atrás de la montaña, en un intento de no perder de vista esa luz del día que podía hacer la diferencia entre la vida o la muerte para ella, y que poco a poco se extinguía ante sus ojos.

Caminaba rápido, pero con cuidado, intentando no tropezar con los múltiples obstáculos que se levantaban ante ella a cada paso que daba, desde piedras, troncos de árboles derribados a la mitad del camino, plantas silvestres que tenían afiladas espinas que la obligaron a detenerse para arreglar su pantalón y cubrirse la parte baja de sus rodillas, y hasta excremento de animales.

Valentina no sabía que era más fuerte, si el miedo, el hambre o la sed que estaba sintiendo y que comenzaba a doblegarla, pero no podía detenerse, no podía permitir que el tiempo le ganara la partida.

Apresuro el paso, su plan era caminar hacia el oeste y no parar hasta encontrar algo que le indicara señales de vida humana, no podía estar muy lejos de encontrar algo o alguien que le indicara el lugar donde se encontraba y aunque veía con preocupación cómo los últimos rayos del sol comenzaban a desaparecer ante sus ojos no estaba dispuesta a parar. Caminaría toda la noche si era necesario, la obscuridad era algo a lo que no tenía temor. ¿O sí?

Eso no importaba en ese momento, no había tiempo para tener miedo. Valentina estaba en una situación muy difícil donde su vida corría peligro y ella no quería pensar en eso.

La obscuridad comenzaba a abrazar a la enorme montaña y junto con ella a Valentina que ya estaba a punto de darse por vencida. Un viento comenzó a soplar y su cuerpo sintió los latigazos del frio que ya la azotaban sin misericordia y pensó en lo feo que sería morir de hipotermia.

«Debo pensar en cosas positivas » Se detuvo unos minutos porque ya su cuerpo estaba diciéndole que si seguía avanzando así de rápido se desplomaría.

El hambre y la sed habían aumentado, el miedo se le clavo en el alma como una puñalada y el cansancio le anuncio que su futuro era incierto. Por primera vez en su vida, Valentina se enfrentó a la posibilidad de morir.

Se quedó quieta y respiro profundo, intentando retener en su mente alguna imagen que le diera ánimo para continuar, pero nada sucedía. Ya la luna se asomaba por encima de la montaña y casi con terror se dio cuenta que era el tiempo de una luna nuevecita y pequeña, lo que significaba poca luz en a medio de una noche fría y solitaria. Valentina estaba sola a merced de la madre naturaleza sin saber qué hacer y en ese momento extrañó profundamente a su padre, y deseo con toda su alma tenerlo cerca, sentir sus bigotes rozando su mejilla con uno de esos besos tronados y exagerados que a ella tanto la habían llegado a avergonzar en sus años de adolescencia y escucharlo decir que todo estaría bien.

El aullido de los lobos anunciándole que no estaba sola le dieron fuerzas para seguir. Con razón dicen que todo ayuda para bien para los que aman y confían en Dios, pero Valentina no creía más que en ella misma. Maldijo el momento en el que se le había ocurrido meterse ese polvito blanco por la nariz, porque si no recordaba nada seguramente era por una sobredosis que ya le estaba atrofiando el cerebro.

Ella ya había experimentado esa sensación de letargo al momento en que su nariz inhalaba el polvo, pero nunca había tenido una pérdida de la memoria que le durara tanto tiempo, y pensó que seguramente se le había pasado la mano, si acaso ese era el motivo por el que no conseguía recordar nada.

Su pie tropezó con unas piedras y pensó que era buena idea llevar una en la mano para defenderse de cualquier cosa en caso de que algún animal, y busco alguna que estuviera en forma de triángulo con la idea de usarla como arma. Se inclinó para buscar la mejor piedra agradeciendo al cielo por la tenue luz de la luna nueva y las estrellas que iluminaban el camino, y en ese momento llego a sus oídos un tenue silbido haciendo que su corazón palpitara más de prisa motivado por la adrenalina que produce el miedo.

«Ahora sí que me estoy volviendo loca» –No lo dijo en voz alta, lo pensó.

Y para su sorpresa, ese silbido alegre que sin duda alguna provenía de algún ser humano se escuchaba más cerca, produciéndole una emoción que nunca había sentido, y en ese momento, se dio cuenta que nunca se había detenido a escuchar a su padre cuando el silbaba esas viejas canciones en las tardes de verano, tampoco nunca había entendido porque su madre sonreía con solo escucharlo.

Cerro los ojos deseando que todo aquello fuera solo un mal sueño y prometió abrazar a su padre en cuanto lo viera y también decirle que silbaba muy bonito, pero al abrirlos estaba en la misma situación. El silbido se escuchaba más cerca y se puso de pie con una piedra en cada mano preparándose para luchar hasta la muerte si fuera necesario.

–¿Estás perdida?

La voz del hombre a sus espaldas hizo que soltara las piedras y junto con ellas su valentía, dándose cuenta de que de valiente no tenía nada.

¿Porque carajos sus padres la habían llamado Valentina? Ella no estaba haciendo honor a su nombre en esos momentos y se sintió derrotada.

El hombre desmonto el asno que agradecido dio un rebuzno haciendo que Valentina se tapara los oídos.

–¿Le puedes decir que se calle por favor? ¡Se escucha horrible este animal!

El hombre le jalo una oreja al asno y le ordeno que guardara silencio.

–Cállate burrito, que Valentina se ha incomodado con tu alegría.

–¿Cómo sabes mi nombre? El hombre se había dirigido a ella por su nombre causando asombro en ella.

–¿Estás perdida? Volvió a cuestionar el hombre evadiendo la pregunta de Valentina.

–¡Es obvio que estoy perdida! ¿Acaso me ves un mapa en la mano que me indica dónde estoy? Ella comenzaba a impacientarse.

–Súbete, te llevare de regreso a casa.

Ella vio al hombre por primera vez. Tenía el pelo rizado y un poco largo, parecía que no le gustaba ir al peluquero, media casi dos metros de altura, o al menos ella lo vio así de alto, no usaba bigote, una ceja tupida combinaba a la perfección con sus ojos grandes, además de eso era portador de uno dientes blancos y perfectos, lo supo por la sonrisa que le regalo al momento de invitarla a subirse al asno para llevarla de regreso a su casa.

Vestía unos pantalones color beige, una camisa color claro y calzaba huaraches, era un típico campesino que había salido quien sabe de qué rancho, pero a ella le había caído del cielo.

Se veía buena persona y Valentina no tenía otra opción. Si rechazaba la invitación de ese hombre corría el riesgo de morir de frio, de hambre o de sed, eso sí le iba bien, porque también podía morir destrozada por los lobos. Si aceptaba la invitación de ese campesino tenía más posibilidades de vivir, y si acaso el resultaba ser un criminal pues por lo menos moriría con la idea de que aún existe gente buena dispuesta a dar la mano a los perdidos como ella.

–Serás bien recompensado por llevarme de regreso a casa. –Dijo Valentina y monto el asno que esta vez meneo las orejas, pero sin rebuznar. El hombre dio una palmadita en el lomo del pollino y tomo el lazo que llevaba atado al cuello el dócil animalito, comenzó a silbar y eso alegro inexplicablemente el corazón de Valentina.

CAPÍTULO DOS

Don Heliodoro veía con preocupación el rostro demacrado de su hija que estaba bajo los efectos de un sedante. La palidez de Valentina lo asustaba, pero más lo que le había dicho Laura la mañana fría y lluviosa de abril.

–Hay Don Heliodoro, disculpe que lo moleste, pero es que le juro que no sé qué le pasa a Valentina. Se quedó dormida desde el sábado y no ha despertado. Sé que está viva porque la veo respirar, pero por más que la muevo no se despierta. ¿Puede venir a verla por favor?

Don Heliodoro se olvidó hasta de ponerse los zapatos, solo pego uno de esos gritos que espantaban a todo el vecindario y salió como alma que lleva el diablo, quemando llanta en su automóvil marca honda de seis cilindros, se pasó dos que tres semáforos en luz roja pero no le importó. Su Valentina no despertaba y eso no podía esperar, si acaso un policía lo detenía pues sería mejor, así le pediría que lo escoltara para llegar más rápido a donde estaba su tesoro, su única hija, su amada y esperada princesa que él tanto amaba.

Mientras conducía iba pensando en los cambios de su hija que podían pasar desapercibidos para todos, aún para la misma Catalina, pero no para él.

Hacía más de un mes que la notaba pálida y cansada, como si estuviera enferma y le había comentado a Catalina que le llevara uno de esos jugos de verduras que le preparaba cada mañana para el desayuno y a los que el atribuía su fortaleza que no menguaba para nada, eso a pesar de que ya se acercaba a sus 70 abriles.

–Quién sabe en qué cosas anda metida esa chamaca, a mí no me engaña. Se ha de estar metiendo alguna de esas cosas que usan los artistas, ¡Y con eso de que ella los quiere tanto y les dice que sí a todo! –Le había dicho hacia solo unos días a Catalina que pensaba era una exageración de parte de él.

–Tú exageras Heliodoro, Valentina ha de estar con esas famosas dietas que hace y por eso se pone toda pálida, ya sabes que siempre quiere estar más flaca que las modelos, y lo hace por si acaso alguna vez alguna le falla, pues ella misma puede modelar sus diseños.

–Pues será el sereno mujer, pero a mi esa palidez de Valentina no me gusta nada. Un día va a caer desmayada por ahí, todo por estar en los puros huesos.

El recorrido para llegar al departamento de Valentina tomaba aproximadamente 45 minutos, pero Don Heliodoro lo hizo en menos de 20 minutos, así de desesperado estaba por llegar a ver a su hija y casi se le doblaron las rodillas cuando vio la vio profundamente dormida, pero con una mueca de dolor en el rostro.

–¡Con una fregada Laura! ¿Como es que se te ocurrió llamarnos hasta ahora? ¡Si la chamaca no ha despertado por dos días quiere decir que le paso algo! ¡Dame el teléfono que voy a llamar una ambulancia!

–Usted trae su teléfono en la mano desde que llego, puede llamar de ahí.

Laura trato de ser amable con el papá de Valentina, aunque él no era santo de su devoción, ya que lo consideraba un hombre anticuado que no le daba la suficiente libertad a su amiga, que siempre estaba pensando en el dolor que podía ocasionarle a su padre si éste se daba cuenta de lo que hacía en los antros.

Don Heliodoro marco con dedo tembloroso el número de emergencia, y en unos minutos ya estaba la ambulancia a las puertas del departamento de Valentina que rápidamente fue transportada al hospital más cercano. Catalina llego justo en el momento que los camilleros subían el cuerpo dormido de su hija y se cubrió la boca para no gritar al ver a su pequeña en esa condición.

Todo había pasado tan rápido que ellos no sabían ni que pensar, y mientras iban camino al hospital siguiendo las huellas de su hija clamaban al cielo en silencio, sin atreverse a hablar entre ellos temerosos de decir algo que enfureciera a los dioses. Llegaron al hospital con la esperanza reflejada en su mirada, pero se les desvaneció y el desconsuelo fue total al escuchar el diagnóstico del médico a cargo.

– No sabemos el motivo por el que su hija no ha despertado, los síntomas son de alguien con narcolepsia, un trastorno del sueño que provoca somnolencia diurna, pero nunca hemos visto un caso de alguien que este dormido por más de un día. Esperaremos a que la examine el neurólogo para tener un diagnóstico más acertado. Por ahora solo queda esperar.

–¿Esperar? ¿Mi hija no ha despertado en dos días y a usted solo se le ocurre esperar? ¡Haga algo para que despierte! ¡Tengo con que pagar lo que sea!

Don Heliodoro saco de su cartera una tarjeta de crédito y algunos billetes de $100 dólares y se los enseño al médico.

–¿A dónde tengo que ir a pagar para que usted se movilice?

El médico no dijo nada y salió del cuarto de cuidados intensivos en el que habían acomodado a Valentina, dejando solos a los afligidos padres con su más preciado tesoro, su única y esperada hija.

La enfermera entró para revisar la temperatura del cuarto y les ofreció unas sábanas calientitas, revisó los signos vitales de Valentina y les sonrió amablemente.

—Los signos vitales de su hija están muy bien, no se preocupen. Ustedes pueden salir a comer o relajarse un rato, nosotros estaremos monitoreándola desde nuestro centro de trabajo.

—Usted lo dice fácil porque no es su hija. Nos quedaremos aquí hasta que despierte, ella tiene que abrir los ojos y ver que sus padres están al lado de ella esperándola como cuando nació.

— «Como ustedes gusten» —Fue la respuesta de la enfermera que estaba acostumbrada a lidiar con la desesperación de padres como ellos, y salió dejándolos frente al cuerpo dormido de su hija, y en ese momento, los viejos sintieron aumentar el dolor en el alma solo de pensar en la posibilidad de que Valentina no volviera a abrir sus ojos.

El reloj de la pared marcaba aproximadamente las 3 de la tarde y la lluvia no dejaba de caer, parecía que las compuertas de los cielos se habían abierto amenazando con inundar la ciudad, pero lo que los viejos no sabían era que la lluvia no solo inunda, también limpia y refresca la tierra, calma la sed del sediento y nos regala esperanza, así como lo hace el poder de la palabra que creó el universo entero. El ruido de un trueno que anunciaba una lluvia más fuerte hizo saltar a Catalina que instintivamente se acercó a su esposo, y de pronto los dos viejos se unieron en un abrazo para confortarse mutuamente.

—Te quiero —Dijo Catalina acomodando su cabeza en el pecho de su esposo que ya no era tan fuerte como cuando lo conoció, y la mano del viejo tembló intentando acariciar la cabeza plateada de esa mujer paciente, amable y siempre alegre, pero no pudo hacerlo, el amargo recuerdo de lo que había ocurrido hacía más de 25 años se lo impidió, y aprovechó el oportuno aviso en el monitor que vigilaba los signos vitales de su hija para ocultar el dolor, pero también la culpa y la vergüenza escondidas en su corazón.

—Algo no está bien, ese aparato está haciendo un ruido diferente —Dijo Heliodoro.

No había terminado de decirlo cuando la enfermera entró al cuarto para revisar a Valentina, y en unos cuantos minutos ya estaban en el cuarto del hospital dos neurocirujanos que revisaban a la paciente, llegando al diagnóstico que no los dejó muy satisfechos pero que les daba una esperanza.

—Su hija despertó del sueño por unos minutos, pero ha vuelto a quedarse dormida, y aunque no sabemos a ciencia cierta cuando despertará por completo eso es una buena señal, quiere decir que pronto saldrá de esa crisis de narcolepsia.

—¿Y cómo es eso que despertó y no dijo nada? Creo que ustedes solamente están inventando esa enfermedad, porque yo nunca la había escuchado.

Don Heliodoro no estaba muy convencido con la explicación de los médicos, comenzaba a impacientarse más de lo que ya estaba y salió azotando la puerta en una clara muestra de impotencia, intentando que nadie viera las lágrimas que ya amenazaban con salir a raudales por sus arrugados ojos.

Los médicos conocían de sobra ese tipo de reacciones y no le dieron importancia, sabían que hay casos en los que no se puede hacer mucho más que confiar en los milagros. Estaban frente a algo desconocido para ellos, ya que nunca habían tratado a nadie con esa enfermedad y le sugirieron a Catalina que rezara para que su hija despertara pronto.

—Yo no creo en Dios, pero si usted cree en Él, puede rezar para que su hija despierte completamente. —Dijo el más alto de ellos, un cirujano de aproximadamente 60 años que había negado la existencia de Dios desde la edad de 10 años, cuando su perro había muerto y por más que lloró no regresó a la vida.

—«Catalina, su hija estará bien, estoy seguro de eso»

El cirujano pidió una botella de agua y se la ofreció a Catalina.

—La ciencia ha avanzado muchísimo y un sencillo sueño no nos ganará la partida. Usted está frente a los mejores neurocirujanos del mundo y haremos que ella despierte. Las palabras del médico sonaron lejanas para la angustiada madre, pero hubo una frase que llamó poderosamente su atención.

«Yo les tengo una propuesta» Dijo el cirujano y Catalina casi saltó sobre él pidiendo que hablara.

— ¿Qué propuesta? ¡Hable por Dios!

—Es un tratamiento que yo mismo he desarrollado y puede hacer que Valentina despierte, solo tenemos que hacer una pequeña incisión en su cabeza para implantar un conductor que estimule la histamina que es lo que nos mantienen despiertos.

–¿Hay riesgos? Preguntó Catalina inquieta

–En toda clase de cirugía hay riesgos señora, pero en este caso no estamos hablando del riesgo en el momento de la cirugía, ya que es una incisión tan pequeña que Valentina ni cuenta se dará de que la tiene cuando despierte. El riesgo está en que ella no pueda volver a dormir jamás.

–¿Cuantas probabilidades hay de que ella despierte con este método? Inquirió la angustiada madre.

–A ciencia cierta no lo sé, ella sería la primera paciente que se somete a este método. Es un riesgo que hay que correr, pero tenga en cuenta que está usted ante uno de los hombres más inteligentes que haya podido conocer en la tierra, las posibilidades de fallar son casi nulas, en cambio, las de ver despertar a su hija son muchas. Usted decide señora Catalina, y me retiro por el momento. Pasaré mañana a ver como sigue su hija, y quizá usted ya tenga una respuesta. Consúltelo con su esposo y me avisan de su decisión.

Catalina quedó sola con su hija debatiendo en su mente el tema. Sabía muy bien que su esposo se negaría rotundamente a ese nuevo método por el solo hecho de ser experimental, el no dejaría que Valentina se convirtiera en un conejillo de indias, el no volvería a pasar por el dolor de ver a su hija sufriendo, viendo sus ojos clamar por descanso como había sucedido en el pasado. Catalina vió a su hija y se preguntó cuál sería la opinión de ella si pudiera decidir.

¿Cuánto tiempo podía quedar dormida? Nadie lo sabía.

¿Cuánto tiempo y que calidad de vida llevaría Valentina si el tratamiento daba resultado y ella despertara, pero no volviera a dormir jamás?

¿Qué hubiera preferido Valentina? ¿Vivir postrada en una cama quien sabe por cuánto tiempo o despertar para no volver a dormir jamás?

No era una decisión fácil de tomar, pero sabía que a ella le correspondía tomarla porque Don Heliodoro no estaba en condiciones de hacerlo en esos momentos, y aunque estuviera se negaría rotundamente.

Pero ella quería que su hija viviera, y decidió tomar la batuta en sus manos actuando en ese mismo instante.

Así, sin pensarlo mucho y movida más por su egoísmo que por cualquier otra cosa, decidió que Valentina sería sometida a esa intervención con la única condición de que se llevara a cabo esa misma noche y bajo la más estricta confidencialidad. Nadie debería de saber sobre esa intervención aparte de ella misma, ni su esposo.

Valentina era mayor de edad y no necesitaba que sus dos padres estuvieran de acuerdo, bastaba con la firma de su madre, y ante el asombro aún del mismo médico que le había propuesto ese método experimental estampó su firma en un fino pedazo de papel esa misma noche autorizando la intervención quirúrgica.

Y mientras Don Heliodoro estaba recostado en el sofá de su casa, con un vaso de ron en la mano, atormentado por el dolor, la culpa y la vergüenza de un pasado, la mano de un cirujano que se creía Dios hacia una pequeña incisión para introducir un microscópico conductor de líquido en el tronco encefálico de Valentina.

CAPÍTULO TRES

Hay lugares que tienen un encanto especial, lugares mágicos que pueden pasar desapercibidos para muchas personas, pero no para aquellos que aún mantienen la inocencia en sus vidas.

La vieja capilla adornaba su entrada cubierta de hojas secas, con esos colores rojizos y anaranjados tan típicos del otoño. Las hojas de los árboles, que habían estado en su puesto desde hacía varias décadas, brillaban con la luz del sol que ya anunciaba su despedida; la sombra de la cruz de la capilla se dibujaba en el suelo formando un espectáculo digno de admirar, pero ignorado por los pueblerinos del lugar, a excepción de una niña de aproximadamente cinco años que estaba parada frente a la entrada del recinto donde se acostumbraba ir a buscar el rostro del Dios viviente.

Los adultos, siempre afanados en sus quehaceres cotidianos caminaban apresurados, pero como en todos los pueblos donde se hacen ciertas cosas más por tradición que por convicción o entendimiento, se daban un tiempo para inclinarse en señal de reverencia al pasar frente a la puerta de la capilla, pero no se percataban de la presencia de la niña que estaba descalza y llevaba puesto un vestido color azul decorado con bolitas blancas.

Su cabello era largo y con hermosos rizos de color café, sus ojitos grandes y asustadizos estaban llenos de lágrimas y levantaba sus pequeños brazos buscando llamar la atención de algún alma caritativa, pero parecía invisible a los ojos de los demás.

El jardinero del pueblo, un hombre que había sido contratado por el alcalde hacía unos meses, la veía a lo lejos con curiosidad y un poco de misericordia preguntándose qué hacía una niña sola y llorando parada frente a la capilla.

—¿Será que es huérfana? —Dudó en acercarse a la pequeña, no quería meterse en algún lío del que después se pudiera arrepentir. ¿Qué tal y si pensaban que le había hecho algo malo?

Bastante trabajo le había costado conseguir ese puesto después de haber estado en la cárcel por una semana, todo por haberle robado las cobijas a la señora Agapita. Definitivamente él no podía arriesgar su posición por una chiquilla chillona que quizá se había escapado de su casa, además, si todos la ignoraban seguramente era por algo.

Siguió en sus quehaceres ignorando la situación, aunque con un sentimiento de culpa por ser tan insensible ante el dolor de una inocente. Afanado como estaba no se dio cuenta cuando entraba por la calle principal un hombre montado en un asno hasta que lo tuvo casi frente a sus narices.

—¿Puedo ayudarlo en algo? —Le preguntó tratando de investigar quién era. El hombre vestía humilde, sus pantalones se veían gastados y su camisa estaba en la misma condición, un sombrero de paja cubría su cabeza y sus viejos huaraches dejaban ver sus pies maltratados por el polvo del camino.

—Hubieras podido ayudarme, pero no lo has hecho. —Contestó el hombre dejando al jardinero confundido, se bajó del asno y caminó hacia la pequeña que aún lloraba.

—¿Has visto los colores en las hojas de los árboles en el otoño? —Le preguntó a la niña que, al verlo, lo abrazó, así como una hija a su padre.

—Si, y me gustan mucho, pero no me gusta que estén tiradas en el suelo donde la gente pasa y las aplasta. ¿Por qué se secan y se caen?

—«Se secan porque tienen sed y se caen porque están secas.» Le contestó el hombre.

La niña ya no lloraba, y aunque aún tenía en sus mejillas las lágrimas frescas, se veía alegre y confiada.

—Yo tengo hambre y sed, y no me quiero caer como las hojas. ¡Tengo miedo!

—¿Estás perdida? —Le preguntó el hombre, ignorando a propósito el comentario de la pequeña que lo vió extrañada. Ella de verdad tenía hambre, sed y mucho miedo, ¿pero perdida?

La niña se quedó callada por un buen rato, y el hombre no hizo nada por romper el silencio.

Por la estatura de la pequeña, podía deducirse que tenía alrededor de 7 años, pero su comportamiento la hacía parecer de menos edad. Lo sucio de su vestido indicaba que hacía unos 3 días que no se aseaba, y en su carita demacrada se notaba el hambre y la debilidad, aunque su cuerpo no se doblegaba. Si no hubiera sido por la palidez de su rostro nadie hubiera imaginado que estaba a punto de caer al suelo sin sentido. Sus pies descalzos estaban sucios y muy maltratados, parecía que había caminado miles de kilómetros por caminos llenos de polvo, piedras, lodo y hasta excremento de animales, el hombre lo supo al ver entre los deditos de la chiquilla pequeños fragmentos de algo seco y de color café obscuro, además del olor nada agradable que llegó hasta su nariz.

—¿Cómo te llamas? El hombre rompió el silencio con la pregunta, y la niña, confundida y muerta de hambre, cruzó sus brazos y dio un golpe al suelo con su pie derecho intentando mostrar valentía y autoridad.

—Te estoy diciendo que tengo hambre, tengo sed y mucho miedo ¿Y tú solo me preguntas que si estoy perdida y cómo me llamo? ¡Pensé que me ayudarías!

—Claro que te voy a ayudar, si tú quieres lo haré.

El hombre caminó hacia el asno que había dejado amarrado con el mecate en uno de los barandales que estaban frente a la capilla y bajó un bulto.

La niña lo siguió y emocionada se froto las manos ansiosas por ver el contenido que ya se imaginaba. Seguramente sería una de esas sabrosas comidas hechas por las mujeres de algún pueblo cercano, o del mismo lugar donde estaban. Se imaginó todo tipo de alimentos, desde una de esas sabrosas tortillas rellenas de carne y queso, hasta una deliciosa pizza hawaiana, que era de sus preferidas, pero para su asombro nada de lo que se imaginó estaba dentro de ese bulto. En su lugar aparecieron unas pequeñas bolitas color marrón y verde que no se veían nada apetecibles.

—¿Y la comida?

—Ésta es la comida, pruébala, sé que te gustara.

El hombre se llevó un puñado de las bolitas a la boca y las saboreo con los ojos cerrados, se veía que las estaba disfrutando. La niña tomó unas cuantas, y se las llevó a la nariz, pero no percibió ningún olor.

—«Toma y come» —Le dijo el hombre a la niña colocándole un puñado del alimento en las manitas, y a ella no le quedó otra opción que llevárselas a la boca, en realidad tenía mucha hambre y también una extraña confianza en ese desconocido que a la misma vez le resultaba tan familiar.

Lentamente las masticó y un sabor dulce la hizo cerrar los ojos, su paladar saboreó el manjar que no sabía cómo se llamaba, pero que era de verdad delicioso, se asombró al notar que solo bastaron tres bocados del raro alimento para que ella se sintiera satisfecha, abrió los ojos, porque había estado saboreando la dulzura de esas pequeñas bolitas con los ojos cerrados, y al hacerlo, vio los ojos de ese bondadoso hombre que le había calmado el hambre , menguado la sed y también había logrado que el miedo se fuera de ella.

—¿Cómo te llamas? —Esta vez fue la niña que preguntó intentado conocer más a quien tan amablemente le había ayudado.

—Me llamo como tú quieras que me llame. Elige un nombre y ese será.

La niña lo vio, y pensó en un nombre bonito para ese hombre tan bueno que la había ayudado cuando hasta el párroco de la capilla la había ignorado, porque lo había visto pasar al lado de ella y hacerse el desentendido. El único que había hecho un intento de ayudarla había sido el jardinero, pero como estaba muy ocupado se olvidó de ella rápidamente.

—Espero que te guste el nombre que escogí para ti, lo que se me ocurre ahorita es llamarte Salvador.

El hombre sonreía al ver a la niña y asintió con la cabeza.

—Me gusta el nombre. Me llamare Salvador para ti.

–¡Suena bonito! La niña se le acercó y le estampo un sonoro beso en la mejilla. ¡Tú eres mi Salvador! ¿Y sabes algo? Creo que sí, estoy perdida, no recuerdo donde está mi casa. ¿Tú me puedes ayudar a encontrar el camino?

–Si, yo puedo ayudarte. Súbete al asno, te mostraré el camino.

Pasaron frente al jardinero que ya se había olvidado por completo de la niña y del hombre, afanado como estaba en su trabajo. El párroco salió y le ordenó hacer sonar el campanario para llamar a la gente del pueblo a la misa de la tarde y la niña vio cómo iban saliendo poco a poco de sus casas los habitantes del lugar.

Ella agitó las manos en señal de despedida, pero nadie le prestó atención.

–¿Estas personas están ciegas? ¡Parece ser que nadie me ve!

–No todos los ojos ven hija.

–¡Ya me voy de aquí, me voy con Salvador!

La niña estaba decidida a anunciarles que había estado ahí, frente a la capilla, que no era un ser invisible, quería gritarles que había necesitado de alguien que la ayudara, pero nadie le había prestado atención, solamente ese hombre montado en el asno había tenido compasión de ella, pero nadie atendió a su voz.

–¿También están sordos?

–No todos los oídos escuchan hija.

La niña sintió miedo nuevamente, estaba alejándose de ese pueblo con un desconocido, y sus padres le habían enseñado a no hablar con extraños. ¿Qué pasaría si era un asesino que la llevaba hacia su propia muerte?

A pesar de su corta edad la niña razonaba como una adulta, y de pronto se dio cuenta que estaba en verdad perdida, y también se dio cuenta que no recordaba quién era.

Con pánico sintió como una nube negra la envolvió y gritó con todas sus fuerzas, pero la voz de Salvador sonó clara y apacible en sus oídos.

—Tranquila mi niña, aquí estoy. Te dije que te mostraría el camino y vamos rumbo a casa.

—¡Estoy perdida! Gritó ella.

—Estabas perdida, pero has encontrado el camino. ¿Me crees?

—Te creo, tú eres mi Salvador. Pero me aterra no saber quién soy yo, no recuerdo ni mi nombre.

—Pues elige un nombre y así te llamarás de hoy en adelante.

Salvador había detenido el asno y la niña observó a su alrededor. Estaban parados al lado de una enorme montaña y el color verde de los arboles la saludaba. Vio las piedras que estaban por varias partes y escucho el ruido como de un río que bajaba por entre la vegetación, pero nada de eso la ayudó a encontrar un nombre para ella. Salvador la observaba pacientemente y ella vió el sol que estaba ya ocultándose por atrás de la montaña, escuchó uno que otro canto de pájaros que volaban de nido en nido, sintió el viento fresco en su carita que curiosamente tenía un aspecto más infantil, inocente, casi angelical, pero por más que intentaba no encontraba un nombre con el cual identificarse.

—¡No encuentro un nombre para mí! Quería llorar de tristeza al darse cuenta de que ella no tenía nombre y miro a Salvador con los ojitos llenos de esperanza. El solo miro hacia el cielo y ella hizo lo mismo.

—¡Está hermoso! Dijo ella.

—¿Verdad que sí? Es una pintura que se hizo pensando en ti.

—¿En serio? ¡Me gusta! ¡Me llamare Azul! ¿Está bien ese nombre?

—¿Porque te quieres llamar Azul?

—Porque es el color del cielo, y la gente dice que en el cielo esta Dios. ¡Y yo quiero estar cerca de Él!

Reanudaron la marcha, él iba silbando, ella cantando. De vez en cuando intercambiaban palabras sobre la majestuosidad de la montaña, los aullidos de los lobos, el frío que ya se sentía, pero la mayor parte del camino lo hicieron silbando y cantando. La noche ya estaba muy avanzada cuando Salvador le aviso que estaban por llegar a su destino.

—Ya casi llegamos Azul. En unos momentos estarás con tu papá y él te dirá todo sobre ti. ¿Estás contenta?

—¡Pues claro que estoy contenta! No se siente bonito no saber quién eres ni cómo te llamas, y tú me has dicho que pronto me dirán todo sobre mi.

—¿Que no quedamos en que te llamas Azul?

—Es cierto, se me había olvidado. ¿Estás seguro de que ya casi llegamos? Yo no veo luces ni gente cerca, porque si se cómo es un pueblo, aunque no me acuerde de quién soy.

—Sí Azul, estoy seguro, ya estamos muy cerca y te voy a pedir algo. Mantente alerta por favor, no te duermas, los lobos están al lado del camino y si te descuidas pueden destruirte.

—Pero tú me dijiste que me cuidarías, así que no tengo miedo. ¿Qué pueden hacerme los lobos si estoy contigo?

—Azul, yo prometí cuidarte y protegerte, pero tú tienes que estar despierta para ver cuando llegan los lobos. Mira, te explicaré. Hay veces que los lobos se disfrazan de otros animalitos que son buenos, como los borreguitos, lo hacen para que la gente no se dé cuenta del peligro que corren, si tú te duermes no te darás cuenta y puedes ser destruída por ellos.

—¡Yo pensé que tú me cuidarías de los lobos!

Azul estaba confundida y comenzaba a hacer un buen berrinche.

—Y te cuidaré de los lobos, pero tú necesitas estar despierta para que cuando los lobos te persigan tú puedas correr hacia donde yo estoy. ¿Me entiendes?

—¡Ah! Tú lo que quieres es que yo te diga cuando vienen los lobos.

—Yo solo quiero que cuando sientas el peligro corras hacia donde yo estoy.

—Entiendo. ¡Tú eres mi Salvador!

—¡Exacto!

El asno apresuró el paso al sentir unas palmadas suaves en su lomo, Azul luchaba por mantener los ojos abiertos, pero el cansancio pesaba demasiado sobre sus parpados. Salvador la veía de vez en cuando y le acariciaba una mejilla, hacía alguna broma y hasta tiraba de los rizos de la niña.

Y avanzaban poco a poco. Hombre, niña y asno con el cielo por techo y las estrellas como antorchas. Los silbidos y cantos se mezclaban con el sonido tan mágico de esas noches en las que parece que el viento habla y los grillos aplauden, las luciérnagas revoloteaban alrededor de esos dos seres que habían sido dos completos desconocidos uno del otro apenas hacia unas horas, pero ahora parecían dos grandes amigos, dos almas que podían comunicarse con una melodía, la niña confiada, el hombre protegiéndola. Parecían padre e hija, entrañables amigos, cómplices en esa travesía en la que Salvador avanzaba con conocimiento, y Azul lo seguía confiando plenamente en él, con esa inocencia tan típica en los niños de edad temprana, y paso a paso se acercaban a la casa donde la pequeña conocería su historia, encontraría su identidad y abrazaría a su padre.

CAPÍTULO CUATRO

Don Heliodoro no había podido pegar los ojos en toda la noche, a pesar de que se había bebido la mitad de la botella de ron, todo con la loca esperanza de borrar de su mente la imagen de Valentina, su única hija, postrada en esa fría cama de hospital. Su móvil había sonado varias veces durante unas horas, pero se negó a contestarlo, seguramente era la dulce Catalina que quería pedirle que estuviera a su lado, pero él no estaba en condiciones de consolar a nadie y se había negado a contestarlo.

Con el cuerpo cansado y el alma cargada de culpa se puso de pie cuando los primeros rayos del sol asomaron en el horizonte, caminó arrastrando los pies como si fuera una máquina a la que le habían quitado alguna pieza y comenzaba a fallar.

Abrió el refrigerador buscando algo fresco para calmar los estragos de la resaca que se intensificaba por la ausencia del sueño, pero no encontró más que leche y agua, y con la boca seca se dirigió a la bañera para quitarse el olor a alcohol que impregnaba su cuerpo ya acabado por los años, y sintió lástima de él mismo al verse desnudo. El agua fría lo hizo dar un brinco y le erizó la piel, pero no le importó. Hacía dos años se había propuesto no volver a usar agua caliente para bañarse, ya que le habían dicho que el agua fría era buena para mantener la piel firme.

—Lo único que vas a conseguir bañándote con agua fría es una pulmonía, especialmente en invierno – Le decía Catalina, que ya estaba preocupada por ese afán de su terco esposo que se negaba a envejecer.

Pero don Heliodoro era hueso duro de roer, y cuando se le metía una idea entre ceja y ceja no era fácil hacerlo cambiar de opinión. Era una gran virtud en él, pero también un gran defecto que lo había metido en muchas situaciones desagradables y muy difíciles, y no solo a él, también a los de su casa, como el día en el que Valentina había cumplido sus cinco años y a él se le ocurrió hacer esa fiesta en la casa de su compadre, llevar un marrano y hacer las típicas carnitas que al final terminaron enfermando a la mayoría de invitados, incluyendo a su propia hija.

No tenía ni dos minutos bajo el agua fría, cuando escuchó la llamada en el móvil, pero no se inmutó. Lo más probable era alguno de esos vendedores que llamaban todas las mañanas esperando encontrar a un incauto que creyera en las patrañas que anunciaban, desde viajes a Hawai, hasta pastillas para adelgazar mágicamente.

Siguió en su rutina haciendo caso omiso a él repiqueteo del móvil que no cesaba, y de pronto sintió que el corazón se le caía a los pies.

¿Y si la llamada era para avisarle algún cambio en la salud de Valentina?

¿Y si ya había despertado y quería hablar con él?

¿Y si en lugar de haber despertado, se había dormido para siempre?

La idea lo dejo frío, sin fuerzas, desorientado, angustiado, y sintió el deseo de morir antes de saber que su hija, su única hija pudiera dormir para siempre.

Cerro la llave del agua fría y salió del cuarto de baño rápidamente para tomar el móvil y revisar las llamadas. Sintió que el corazón se le partía literalmente en pedacitos al ver que, efectivamente, esas llamadas provenían del hospital donde Valentina se encontraba hospitalizada.

En un abrir y cerrar de ojos se le derrumbó el mundo, le temblaron las piernas y el alma huyó de su cuerpo para esconderse bajo las alas de un ángel protector que se compadeció de ese viejo terco, inmaduro, pero que había aprendido lo que era amar desde el día en que Valentina había llegado a su mundo.

En el hospital, Catalina caminaba de un lado a otro con el móvil en la mano. Habían pasado aproximadamente tres horas desde la primera llamada que le había hecho a su esposo, y preocupada de que algo malo le hubiera sucedido pidió un taxi para salir en su búsqueda, solo para encontrarlo tirado boca abajo con el móvil en la mano, y la toalla alrededor de la cintura.

Rápidamente revisó sus signos vitales y el alma le volvió al cuerpo al darse cuenta de que respiraba. Por lo menos no estaba muerto, y eso aliviaba un poco la carga tan pesada que comenzaba a llevar sobre sus hombros. Intento despertarlo, pero don Heliodoro estaba sumido en un profundo sueño y ella prefirió dejarlo descansar, más aún cuando vio la botella de ron casi vacía.

—Este viejo terco ha vuelto a las andadas de su juventud — Dijo Catalina con un dejo de indiferencia en su voz y entró a la recámara de ambos. Estaba demasiado cansada como para pensar en el estado de Don Heliodoro, solo deseaba dormir un rato para recuperar fuerzas y prepararse emocionalmente para la guerra con su esposo por si él se daba cuenta de la decisión que había tomado sin consultar con él.

Entro decidida a darse un baño, pero al ver la cama no pudo resistir la tentación de dejar caer su cansado cuerpo, y en un santiamén se perdió en los brazos de ese dios griego llamado Morfeo que le beso los ojos para que terminaran de cerrarse.

Y esa mañana, mientras el sol acariciaba a los transeúntes de la gran ciudad, dos cuerpos cansados dormían placenteramente tratando de recuperar fuerzas, con la loca esperanza de despertar con las deudas del pasado canceladas así como por arte de magia, porque en el fondo de esos dos corazones aparentemente felices, la culpa los mordía diariamente aunque ellos trataban de disimular, y de hecho lo hacían muy bien, con una sonrisa prefabricada desde aquella fatídica tarde en la que el mundo se les fue encima como una avalancha aplastándolos y dejándolos sumidos en la más profunda obscuridad.

Don Heliodoro no sabía cuánto tiempo había permanecido tirado en el suelo, pero su cansado cuerpo sí. Sentía que le dolía todo, pero más sus rodillas que crujieron cuando intento ponerse de pie.

–¡Hay canijo! –Exclamó con un gritillo que se le ahogó en la garganta llevándose la mano al cuello, tenía la boca seca y le costó tragar saliva. Se acomodó la toalla porque sintió vergüenza de el mismo y cubrió sus piernas flácidas que avanzaron pesadamente más por inercia que por otra cosa. Sintiendo como si tuviera una montaña de piedras sobre la espalda, la cabeza, el cuello, en todo el cuerpo, se asomó por la ventana y pudo ver que ya estaba anocheciendo, y muy a su pesar sintió envidia de los jóvenes que caminaban llenos de vida por las calles de la gran ciudad con un mundo lleno de sueños por realizar; y su corazón gimió por el tiempo que se terminaba para él, y no sabía ni cómo había sucedido.

Entró a la recámara y vio a Catalina sentada sobre la cama con un gesto de preocupación en el rostro y no supo cómo reaccionar, sintió miedo y tuvo el deseo de no existir en ese momento porque la sola idea de escuchar de labios de su esposa que Valentina se había dormido para siempre lo aterraba.

–¿Qué tienes mujer? Me quedé dormido y no te escuché llegar –Balbuceó evadiendo el contacto visual con su esposa.

–Nada Heliodoro. No tengo nada, solo estoy cansada.

–Yo también Catalina, yo también estoy cansado.

Se abrazaron y lloraron juntos para darse fuerzas y amortiguar la culpa, quedándose un buen rato sin hablar, solo consolándose mutuamente con miradas.

–¿Tú crees que algún día Dios nos perdone? Hablo Heliodoro en un susurro, como queriendo que sus palabras no fueran escuchadas por nadie más que su esposa.

–No lo sé Heliodoro, pero pues dicen por ahí que Él es amor y que puede ver todo, así que creo tenemos esperanza. ¿Y ella, nos perdonará algún día?

–Valentina no puede perdonar algo que no sabe que sucedió, y de mi parte nunca sabrá nada. ¡En eso quedamos mujer, acuérdate!

Catalina ya no dijo nada más, el solo recuerdo de ese pasado enterrado le oprimió el corazón y sintió deseos de vomitar. Corrió al baño y vacío el estómago sintiendo un poco de alivio en el cuerpo, y anheló poder vaciar su corazón, arrojar todo el miedo, la vergüenza, la culpa, y llenarlo con algo diferente, pero no sabía cómo hacerlo.

Los insistentes golpes en la puerta que denotaban urgencia les recordó que la vida continuaba y también pasaba facturas. Don Heliodoro corrió a abrir mientras intentaba abotonarse el pantalón que se resistía a cerrar alrededor de la cintura que había aumentado desde hacía ya varios meses, Catalina continuaba sacando todo lo que tenía en el estómago y empujó con el pié la puerta del cuarto de baño. Si era una visita de algún familiar comenzarían con sus preguntas tontas al verla en ese estado, y decidió abrir la llave del agua en el lavabo, así pensarían que estaba bañándose y lo más importante, no escucharían que estaba volviendo el estómago.

Pero la visita no era lo que ella esperaba, tampoco Heliodoro que se rascó la cabeza cuando abrió el sobre que le entregó el hombre alto y de pelo rizado que estaba parado frente a la puerta esperando a que Heliodoro le diera una respuesta.

—¡Catalina!

Heliodoro había abierto los ojos como si el mismo diablo se le hubiera aparecido, y el grito que pegó se escuchó por casi todo el vecindario. Un vecino enojado se asomó por la ventana y lanzó una maldición.

—¡Cállese viejo acomplejado, deje dormir a la juventud!

En respuesta se escuchó otro grito de don Heliodoro, pero esta vez no llamó a su mujer.

—¡Yo grito cuando se me da la fregada gana muchacho pendejo!

El hombre de pelo rizado esperaba en la puerta sin la más mínima intención de irse y sonreía como si la situación le divirtiera, don Heliodoro iba a cerrar la puerta, pero el hombre colocó un pie para evitarlo.

—Perdone usted señor, pero me encargaron que regresara con una respuesta y no puedo irme hasta que usted me diga cuál es su decisión ante esta invitación.

—¡Pues espérese afuera, que aquí no es hotel ni hay baños públicos! Necesito consultar esto con mi esposa, y ella está un poquito indispuesta en estos momentos.

Cerró la puerta con un fuerte golpe sorprendiendo al hombre que optó por encogerse de hombros y sentarse a la orilla de la puerta con una sonrisa en los labios.

—Ya saldrá a decirme que sí. Lo conozco bien y sé que él no querrá perderse esta cita.

Catalina seguía en el baño tratando de recuperar fuerzas después de haber vuelto el estómago, pero lo que estaba escuchando la puso peor, aunque trato de disimularlo al ver la cara pálida de su esposo.

—Eso no puede ser Heliodoro, seguro que esto es una broma, tú sabes bien que es imposible que esta persona nos haya invitado a esa cena. Abigail se encuentra tres metros bajo tierra desde hace más de 20 años y los muertos no regresan de donde están.

Catalina respiraba agitada y Heliodoro se sintió culpable por ser el portador de una invitación que mortificaba tanto a su esposa.

—Cálmate mujer, no pasa nada.

—¡Ni que fuera tan fácil calmarme! Estoy viendo una invitación enviada por Abigail Aguilar, ¿y tú me dices que no pasa nada?

¡Es la misma Abigail que conocimos Heliodoro! ¿qué no lo entiendes?

—Ella no fue la única persona que se llamó así mujer. ¡Ya cálmate!

Heliodoro había pasado de la sorpresa a la calma al ver la desesperación en el rostro de su mujer. Leyó nuevamente la invitación y volvió a rascarse la cabeza, inequívoca señal de confusión en él.

–¿Sabes qué mujer? Vamos a ir a esta cena, y si se trata de una broma van a conocer quién es Heliodoro López.

–¿Y si terminamos en la cárcel?

Catalina se tapó los labios al darse cuenta de lo que había hablado, acto seguido se vio en el espejo, se acomodó el pelo y miro a su esposo.

–¿Me veo guapa?

–Si mujer, muy guapa.

–Gracias Heliodoro, vamos a darle una respuesta al mensajero. Iremos a esa cena, y que sea lo que Dios quiera.

El hombre alto y de pelo rizado seguía sentado a la orilla de la puerta y rápidamente se puso de pie al escuchar que se abría. Se sacudió el polvo que se había pegado a su trasero mientras había permanecido sentado y sonrió a la pareja intentado infundirles confianza.

–Dígale a Abigail que ahí estaremos mañana. ¿Hay alguna instrucción especial para esta cena? ¿Algún vestuario especial que debamos de usar?

–Vístanse de blanco, estaré aquí mañana a las tres de la tarde para llevarlos a la cena.

—Se como conducir todavía joven, me veo viejo, pero no soy un inútil

—Ya le he dicho que pasare por ustedes mañana a las tres de la tarde, solo estoy cumpliendo órdenes.

El hombre se inclinó hacia ellos en muestra de agradecimiento y se fue dejándolos inmersos en un abismo de dudas y miedo.

Catalina trato de disimular su nerviosismo canturreando su canción favorita pero el nudo que ya se le aferraba a la garganta la asfixiaba.

—Creo que ya me estoy haciendo vieja, ya no puedo cantar.

Se acerco a su esposo buscando ese abrazo que tanto la reconfortaba en momentos de angustia, pero no lo encontró, ya Heliodoro se había ido dejando la puerta abierta, algo muy inusual en el viejo que era sumamente desconfiado y se enorgullecía de ser el hombre más protector del mundo con su familia. Una ráfaga de viento azoto la puerta y Catalina se apresuró a poner el cerrojo, pero el ladrido de dolor que lanzó el perrito de los vecinos al quedar prensado por la puerta le impidió hacerlo.

—¡Perro baboso! ¿Para qué te atraviesas si sabes que tengo prisa?

—¿Y qué va a saber el pobre animalito que usted cerraría la puerta?

Catalina se sintió avergonzada al sentirse descubierta y volteó a ver de quien era la cálida voz quedando asombrada al ver a la chiquilla de pies descalzos y vestido azul celeste impecablemente limpio, tanto que hasta sintió el deseo de correr a lavarse las manos para no ensuciar tanta pureza.

– ¡Nunca he visto un vestido tan limpio! – Pensó Catalina tratando de disimular su asombro.

–¿Es tuyo el perrito? Perdóname si lo he lastimado. ¿Como te llamas niña?

–Me llamo Azul. ¿Y tú?

Catalina sintió un viento frío que la hizo estremecerse y sintió compasión por la pequeña que la veía con una dulce y tierna expresión, pero de la compasión paso a la vergüenza al ver que la chiquilla tomaba al perrito en sus brazos y recibió con risas las muestras de gratitud del animalito que le lamía las mejillas. Fue en ese momento que Catalina se dio cuenta que la niña tenía las manos llenas de ampollas y sin pensarlo mucho le quitó al perrito de los brazos.

–¿Qué te ha pasado en las manos niña? Entra, te curaré esas heridas antes de que se te infecten, además has de tener frío en esos pies descalzos, veré que puedo hacer por ti.

–No te preocupes señora, no me duelen. Así las he tenido desde que tenía 5 años, y ya me he acostumbrado a vivir con las ampollas.

–Hablas como si tuvieras muchos años niña, apenas y tendrás unos 6 años y ya dices que las has tenido desde hace mucho tiempo. ¿Como es que esas ampollas aparecieron en tí? ¿Y tus padres dónde están? Una niña tan chiquita no puede andar sola por la ciudad.

Catalina se apresuró a preparar una sopa con las verduras que había en la nevera y se la ofreció a Azul que la recibió con una sonrisa, acto seguido le dio agua al perrito que movía la cola agradecido y mientras la niña comía se apresuró a buscar algunas calcetas para cubrir los piececitos de la chiquilla que ya le estaba inspirando un sentimiento que no conocía, pero que era muy agradable.

La niña sonrió satisfecha, se dio unos golpecitos en el estómago sacando un eructo, se bajó de la silla y corrió a abrazar a su perrito. Catalina la observó con el corazón encogido de tristeza, pero a la misma vez esponjado de amor por esa niña que le estaba alegrando el día, y fue entonces que recordó a Valentina.

–¡Mi hija! Tengo que ir a verla, ¿cómo ha sido que me olvidé de ella?

–¿Tienes una hija?

La niña pregunto con esa vocecita inocente tan propia de los pequeños, y a Catalina se le llenaron los ojos de lágrimas.

–Si, tengo una hija llamada Valentina, pero ella está dormida.

–¿Está muerta?

–¡Ni lo mande Dios! Mi hija no puede morir. ¡No de nuevo! ¡Ya la perdí una vez, y no quiero volver a pasar por ese dolor!

Catalina había hablado desde el fondo de su corazón, la sola idea de que Valentina quedara inmersa en ese sueño tan parecido a la muerte la aterraba.

¿Qué pasaría si nunca despertaba su hija? La sola idea le provocó un temblor en su cansado cuerpo, pero también el hecho de que no pudiera volver a cerrar sus ojos la espantó. Pensó en la reacción de Heliodoro cuando se diera cuenta de la decisión que ella había tomado, movida quizá por ese egoísmo suyo que auto justificaba en nombre del amor, como ya lo había hecho en el pasado.

—Tu hija no duerme señora, ella está más despierta que nunca.

Las palabras de la niña fueron para Catalina como un bálsamo que le aminoró el dolor y cerró los ojos aferrándose a esa idea.

—Lo creo. ¡Mi hija no duerme!

Abrió los ojos y buscó el rostro de la niña, quería darle un abrazo por llevarle esa luz de esperanza, pero solo alcanzó a ver la sombra de la niña que había salido corriendo seguida por el perrito que ladraba alegremente.

Intentó seguirla, pero no tenía fuerzas para hacerlo, además de que no quería meterse en ningún lío con las autoridades. Azul era una niña que quizá estaba perdida y si la encontraban junto a ella podían acusarla de secuestro o quién sabe que cosas más.

—¿Bueno, además que me importa a mí una mocosa descalza?

Se dejo caer en el sofá encogiendo los hombros con indiferencia, y su corazón, que se había llenado de amor en tan poco tiempo por una chiquilla descalza y desconocida se endureció en un abrir y cerrar de ojos.

Y es que así es el corazón, engañoso y traicionero. En tan solo segundos puede pasar del amor a la indiferencia, de la ternura al odio, de la risa al llanto, es tan engañoso que es imposible conocerlo, y solo puede ser descifrado por su creador. Catalina creía conocer su corazón, pero pronto se daría cuenta que no conocía absolutamente nada de lo que en él albergaba.

CAPÍTULO CINCO

El hombre alto y de pelo rizado había llegado con el sobre en la mano y una amplia sonrisa dibujada en el rostro a la mansión que ocupaba junto a su padre, se llevó las manos al bolsillo buscando las llaves solo para darse cuenta de que las había olvidado en algún lugar, pero eso no pareció importarle mucho. Tocó el timbre y casi inmediatamente una mujer de mediana estatura estaba frente a él invitándolo a entrar.

«Abigail, siempre es un gusto verte» Dijo el joven al momento que le daba un fuerte abrazo a la mujer y pregunto enseguida «¿Mi padre se encuentra ocupado? Necesito hablar con él sobre algo muy importante.»

—¡Vaya pregunta! ¡Parece que no conocieras a tu padre, él nunca está ocupado para sus hijos, y menos para ti que eres el mayor! ¿Como te ha ido con el encargo? ¿Vendrán a la cena? ¿Has olvidado las llaves?

Ángel – Así era su nombre– sonrió y abrazó a Abigail. —¿Cuándo te he fallado? Claro que vendrán, aunque están tan asustados que hasta parecen niños descubiertos en sus travesuras. ¡Heliodoro casi se desmaya del susto! Y sí, olvidé las llaves en algún lugar por ahí, después las buscaré, por cierto, que nombre tan feo le han puesto a ese pobre hombre. ¡Si yo fuera él, me lo cambiaría!

—Me asombras Ángel, ¿tu diciendo esas cosas? Pensé que eras más bondadoso.

—Abigail, ser bondadoso no es sinónimo de aburrido. Yo solo estoy diciendo lo que pienso, y de verdad que ese nombre no suena muy bonito, aunque su significado es de lo más gratificante.

—¿Y cuál es el significado de ese nombre?

Abigail comenzaba a interesarse por la conversación. Conocía a Ángel desde hacía ya varias décadas y él siempre tenía algo interesante de qué hablar, pero lo más importante, sabía escuchar.

Con él, ella había llorado sin temor a ser criticada, confiaba en él a ciegas y cuando la soledad, las dudas y los temores llegaban a su vida siempre acudía a Ángel, su mejor amigo. Así había sido desde el primer día en el que lo conoció, y así seria por la eternidad.

Abigail era una mujer de tez blanca y una estatura no muy convencional para ser mujer, media aproximadamente 1.80 centímetros de estatura y eso la había traumado desde su juventud, era objeto de constantes burlas entre sus amistades y no había hombre que se atreviera a acercarse a ella debido a su altura y eso la mantenía frustrada.

El día que conoció a Ángel había sido en la fiesta de reunión que organizaron los recién graduados en medicina. Hacía cinco años que ella había terminado la carrera y fue invitada a dar una conferencia sobre los nuevos cambios y descubrimientos que ocurrían a menudo y ella estaba sumamente contenta con la idea de ver entre la concurrencia a sus compañeros de universidad.

Llegó luciendo un traje sastre y cómodas zapatillas sin tacón para no verse tan alta, y cuando Ángel la vio le hizo una pregunta frente a todo el público que la dejó roja de ira por unos momentos, tanto que estuvo a punto de lanzarle el micrófono.

– Ahora viene la sección de preguntas –Anuncio Abigail a la concurrencia, y Ángel levantó la mano pidiendo autorización para hablar.

«¿Por qué no usas tacones?» La pregunta de Ángel había arrancado risitas burlonas entre la concurrencia.

Abigail se quedó muda por unos instantes y sugirió que se hicieran preguntas relacionadas a la conferencia que había dado, sonrió amablemente, pero ardía de ira por dentro.

La sesión de preguntas transcurrió sin más contratiempos, pero al terminar ella se dirigió hacia ese joven de pelo rizado y alegre sonrisa para reclamarle su falta de madurez. Iba dispuesta a darle toda una cátedra de buenos modales, pero el chico la dejo completamente desarmada con su sonrisa.

– ¿Cómo se llama usted joven? Le preguntó Abigail tratando de que su voz sonara amable, pero sus ojos gritaban un mal disimulado disgusto.

–Me llamo Ángel, y no soy de este mundo.

La respuesta la desconcertó por unos instantes, pero rápidamente recuperó el aplomo, llevaba en sus manos una botella de agua y le dio un sorbo.

–Así que no eres de este mundo... ¿Y se puede saber de cuál mundo eres?

–Claro que sí, soy de un mundo invisible que solamente pueden ver los de limpio corazón, y el tuyo está sucio y para colmo, muy herido.

Abigail se puso a la defensiva al escuchar la opinión que Ángel tenía sobre su corazón, él había puesto el dedo en la llaga. Por un momento ella sintió que no podía ocultarle absolutamente nada y eso la incómodó.

—Si lo que quieres es hablar de religión te advierto que conmigo no podrás. Yo no creo en ningún dios, solo creo en mí.

Abigail estaba a punto de lanzarle la botella de agua en la cara al joven, pero se contuvo.

— ¿Y quién te ha dicho que estoy hablando de religión? Ángel le contesto con esa sonrisa que parecía estar permanente en su rostro.

—¿Acaso eso que me acabas de decir no se llama religión? —Abigail le contestó decidida a defender a capa y espada su idea sobre la inexistencia de un Dios.

Así había comenzado esa extraña relación entre ambos, y esa noche Abigail termino llorando en los brazos de Ángel, contándoles sus sueños, sus miedos, y su deseo de encontrar a un valiente que no le tuviera miedo a su altura tanto física como profesional.

—Te aseguro que hay alguien por ahí para ti Abigail, pero debes de ser paciente y aprender a confiar, no puedes andar por la vida pensando que eres la super mujer, si sigues así cuando llegue un valiente saldrá corriendo por donde llegó.

Ángel parecía un experto en el tema y por fin Abigail había bajado la guardia, permaneció callada escuchándolo sin poner objeción alguna. De pronto ella se dio cuenta de que ese hombre tenía una hermosa voz que por alguna desconocida y extraña razón había logrado lo inimaginable en ella: calmar su enojo, que era bastante.

Ángel no había hablado mucho, pero si lo suficiente para dejar en ella una fuente de paz que la llenaba inexplicablemente de alegría.

—«Me da risa tu barriga.» Ángel había hablado espontáneamente y le apunto con el dedo pinchándole un poco el ombligo, lo suficiente para hacerla brincar inconscientemente, pero tan suave que fue como una caricia.

— ¿Y qué tiene de gracioso mi ombligo? ¿Ya estamos de confianzudos tan pronto?

—No tiene nada gracioso, pero si hay mucha hermosura en él.

Abigail se puso roja muy a su pesar, ella esperaba siempre que algún atrevido le diera un cumplido, pero nunca se imaginó que un joven tan guapo le dijera que su ombligo era hermoso, además de que ella estaba segura de que no lo estaba mostrando. Se dio cuenta de que se estaba poniendo nerviosa y disimuló rápidamente llevándose la botella de agua a los labios solo para darse cuenta de que estaba vacía, pero se hizo la desentendida.

Ángel la observo y le quito la botella de agua de las manos ofreciéndole otra llena.

—Se ve que tienes sed mujer.

— «Mucha» —Respondió Abigail y bebió casi la mitad del contenido de la botella.

«Pronto conocerás el amor, y entenderás muchas cosas»

Ángel había soltado las palabras con una seguridad increíble que la hizo estremecer y se desconcertó por unos momentos, pero optó por quedarse callada, y en un santiamén ya estaba envuelta en una nube de algodón rodeada de una hermosa luz que le producía una enorme felicidad. Ella no sabía si llorar, reír, brincar de gozo, solo sabía que eso era algo que nunca había sentido y no quería que terminara. No supo si fueron segundos, minutos, horas o una eternidad, pero si supo que ese sentimiento era lo más hermoso que había experimentado en su vida. Ni aún el día en el que había recibido el diploma con su nombre incrustado que la reconocía como la alumna graduada con las más altas calificaciones se había sentido tan feliz como en esos momentos, pero la realidad la llamaba y decidió bajarse de la nube de algodón por decisión propia, no porque alguien le hubiera ordenado que lo hiciera.

—Según tú, pronto conoceré el amor… Pues no sé cómo, porque nunca nadie se ha interesado en mí.

—En un año volveré y tendrás algo muy hermoso entre tus brazos, pero lo tendrás por poco tiempo porque te será quitado, mas no te preocupes, yo estaré aquí para consolarte y ayudarte a llevar tu pena. Yo te cargaré en mis brazos y te llevaré de regreso a tu casa, porque para entonces te sentirás perdida.

—¡Ahora resulta que me saliste todo un chamán!

—«Mujer.» Ahora la voz de Ángel se había puesto seria y su rostro demandaba silencio. —Tú no sabes lo que dices, ni con quién hablas, porque si lo supieras correrías a mis brazos desde este momento, pero debido a tu terquedad has estado ciega por mucho tiempo. Regresaré a ti, porque sé que necesitarás ayuda, mas nunca te forzaré a recibirla. Si tú me la pides lo haré, si tus labios y tu corazón permanecen cerrados no te forzaré. ¡Ante todo, yo soy y siempre seré un caballero!

—¡Ahora resulta que los caballeros son como tú de mal educados! Mira Ángel, no sé de dónde saliste, pero ya me cansé de esta conversación tonta, yo no te necesito y creo que nunca lo haré, ha sido muy interesante tu conversación, pero es hora de que me retire. Que la pases bien.

Abigail se dio la media vuelta y se alejó hacia la puerta de salida sin despedirse de nadie sintiendo la mirada de Ángel clavada sobre ella. Por un momento sintió el deseo de regresar y seguir con esa conversación que la había cautivado por unos momentos, pero se contuvo. «¿Como es posible que haya caído en su trampa de seducción?» Pensó y apresuró el paso, deseaba alejarse de ahí lo más pronto posible, pero a la vez anhelaba con toda su alma el haberse quedado al lado de ese hombre de pelo rizado y seguir escuchando esa voz que había sido como un bálsamo sanador para su alma.

Llegó a su casa sintiendo una alegría indescriptible, pero la ahogó en el mismo instante en que cruzó el umbral de la puerta dejándose atrapar por los fantasmas que le hablaban diariamente ahí en la soledad de su casa, fantasmas que la perseguían burlones, gritándole algunas veces, y otras hablándole muy quedito, como si quisieran volverla loca. Fantasmas que la habían perseguido desde sus años de adolescencia cuando se enamoró quizá por primera y última vez y a los que ella ya se había acostumbrado tanto, que hasta los llamaba amigos.

−«Tu nunca tendrás a alguien que te haga compañía, nunca tendrás un hombre a tu lado que te ame de verdad, no se para que naciste porque no hay nada agradable en ti»

Abigail se cubrió los oídos al escuchar esa voz que la torturaba y se arrojó a la cama llorando.

−¿Por qué me martirizan con esa verdad? ¡Ya sé que nadie me quiere y soy una inútil, pero por favor, no me lo digan más!

El silencio fue la única respuesta y ella respiro aliviada, quedándose profundamente dormida en unos cuantos minutos agradeciendo al cielo por la bendición que es poder dormir y escapar de la realidad, aunque sea solo por unas horas.

El tiempo pasó rápidamente y el sol apareció por la ventana despertando a una Abigail de mirada triste que se levantó de la cama apresuradamente, y en pocos minutos estaba camino al hospital donde laboraba para comenzar con su rutina diaria.

De vez en cuando detenía sus actividades y sonreía al recordar ese acto impulsivo de agradecimiento que había tenido la noche anterior, y es que Abigail no creía ni en ella misma, mucho menos en un Dios invisible para todo el mundo.

−«Eso de que existe un Dios es la cosa más inverosímil que he escuchado en mi vida, es para gente débil que cuando no alcanzan sus metas se refugian en sus creencias tontas»− Le dijo a Pedro Covarrubias, el nuevo empleado que había llegado unos meses atrás para suplir el puesto que había quedado vacante el encargado de la electricidad, un viejo de manos temblorosas que había sido despedido al no tener más fuerzas para seguir trabajando.

Pedro escuchó atentamente todos los argumentos de ella, y la invitó a almorzar con el pretexto de continuar con la conversación a lo que Abigail accedió gustosa ante el asombro del joven, que no sabía si llorar o reír, porque su cartera no era muy gruesa como la de su invitada.

Pero atrevido como solo él era, la llevó al restaurante que estaba ubicado a media cuadra del hospital donde ambos laboraban en puestos tan diferentes. Ella toda una experta en medicina infantil. Él un experto en electricidad.

Y ese día, en un restaurante donde solo llegaban los empleados de la limpieza, lavandería y mantenimiento, nació un amor tan fuerte que dejaría huella en la tierra y seria recordado en la eternidad. Un amor que transformaría la vida de Abigail para bien y que la acercaría a unos fuertes brazos que la esperaban para ayudarla a no caer, unos brazos que la cargarían para atravesar un valle de sombras y llevarla a una luz admirable.

A tan solo dos meses de ese encuentro, Pedro plantaba una semilla en el vientre de Abigail que llenó de alegría a ambos. Una nueva vida crecía en su vientre, con carita de ángel y una hermosa misión por cumplir.

Y Ángel continuaba fiel a su lado, a pesar de todos los insultos y rechazos de ella que despotricaba en su contra, observándola muchas veces solo de lejos con una mirada llena de amor, listo para entrar en acción cuando ello lo necesitara.

CAPÍTULO SEIS

Había algarabía en la mansión que estaba localizada estratégicamente al lado Oeste de las montañas, la servidumbre iba y venía ultimando los detalles de lo que parecía ser una gran celebración, de la cocina salía un delicioso olor que satisfacía el gusto más refinado de cualquier chef internacional.

Los tres mayordomos encargados de que todo saliera a la perfección se lanzaron una mirada de complicidad y se dirigieron al hermoso y colorido jardín que estaba estratégicamente ubicado en el centro de la construcción donde había una fuente.

El agua cristalina arrullaba con su fino y delicado golpeteo al caer sobre las piedrecillas que servían de adorno al fondo de la fuente y tres palomitas se paseaban tranquilas sin la más mínima muestra de temor ante la llegada de los mayordomos.

Al lado derecho de la fuente estaba un frondoso árbol que invitaba a sentarse bajo su sombra para cubrirse del sol, aunque no era necesario ya que el calor era más bien acogedor y los rayos de la lumbrera mayor llegaban como una tibia y agradable caricia, esas de las que uno nunca desea soltar.

El cielo estaba más azul que de costumbre, aunque ya una nube se asomaba por el lado oriente anunciando lluvia, cosa que agradaba sumamente a los mayordomos, especialmente a Rubén, el mayordomo a cargo de las bebidas que se acercó a la fuente y tomó un poco de agua entre sus manos llevándosela a los labios, la bebió con lentitud tratando de evitar que se le escapara entre los dedos y sonrió satisfecho.

—Ya necesitaba tomar un poco de agua, aunque no lo crean hay ocasiones en las que siento desfallecer de sed – Dijo secándose con las mangas de su camisa las gotas de agua que resbalaban por su tupida y bien acicalada barba.

—Pues sufres porque quieres – Dijo Benjamín, que era el chef encargado de que el paladar de los invitados a la cena quedara completamente satisfecho.

—Ya está todo listo para la noche tan esperada. ¡Estoy emocionado de saber que veré nuevamente a esa chiquilla de rizos dorados, no me puedo esperar de ver la cara de asombro que pondrá al ver a Ángel!

—¿Que has preparado para la cena? Inquirió Josué, que había estado absorto dándole un último vistazo a las notas musicales que ejecutaría la orquesta en ese evento tan esperado por todos.

—El platillo es una sorpresa, ¿no pretenderás que te diga lo que se está cocinando verdad? Ocúpate de la música que para eso eres el experto y déjame a mí con lo mío.

– ¡Zapatero a tus zapatos!

Rubén les dio una leve palmada en la espalda y les señalo la fuente con una sonrisa dibujada en el rostro.

—Creo que tienen sed, lo puedo notar en su tono de voz amigos. Vengan, beban un poco de agua para que se refresquen, y lávense la cara porque creo que se les ha adherido un poco de polvo, su semblante se ve un poco sucio.

No bien había terminado la frase cuando un viento fuerte les azotó el rostro y un olor a perfume barato les envolvió el olfato.

—¿Un poco? Yo los veo tan sucios que toda el agua del mundo no bastará para que queden limpios, que ilusos siguen siendo ustedes, ¡trío de brutos!

La voz de Anabela se escuchó a sus espaldas, una voz burlona pero tan seductora que hizo que Josué y Benjamín giraran la cabeza hacia ella solo para quedar mudos de asombro al verla completamente desnuda, mas no así Rubén, que había quedado estático con la mirada fija en la fuente de agua sin prestar atención a la voz de la mujer que se había detenido a unos cuantos pasos de distancia.

—¿Qué, nunca habían visto a una mujer desnuda? Se han quedado como tontos, si se vieran la cara que tienen se reirían de ustedes mismos.

Nadie dijo nada, hubo un silencio sepulcral y el ambiente se puso tan tenso que incomodaba. De pronto, así de la nada llego una brisa fresca que acarició el rostro de los tres amigos haciéndolos reaccionar.

Josué fue el primero que corrió a la fuente y rápidamente se lavó el rostro restregándosela con fuerza, y comenzó a llorar.

—«¡Ahora resulta que el niño es un llorón!»

Anabela lo señaló con el dedo riendo estrepitosamente, y acto seguido desapareció así tan repentinamente como había llegado.

−¡Estamos sucios! ¡Muy sucios! ¿Como es que no nos dimos cuenta?

Josué y Benjamín se cubrieron la cara con las manos y cayeron al suelo de rodillas ante la mirada de Rubén que corrió al lado de ellos.

−Amigos, tengan paz. ¿Quieren que les recuerde porque existe esta fuente de agua precisamente en el centro del jardín? ¡Vamos, beban de esta agua y lávense! Quedaran más blancos que la misma nieve, y su sed quedara satisfecha.

El polvo del camino puede ensuciarnos un poco, el recorrido diario nos provoca sed, pero gracias a nuestro jefe que ha pensado en todo y colocó la fuente para que nos lavemos diariamente y calmemos nuestra sed.

−«Tú lo dices porque no has visto lo que nosotros vimos» − Habló Benjamín con vehemencia− «esa Anabela es el mismo demonio, ¡solo vino a provocarnos!»

−Benjamín, ella puede venir a provocar, pero en nosotros está la elección de caer en sus provocaciones o correr a la fuente de agua, ustedes han hecho lo correcto, aunque la vieron por unos segundos recapacitaron y le dieron la espalda, y eso es admirable. Estoy seguro de que el jefe estará muy orgulloso de ustedes.

Josué y Benjamín abrazaron a su compañero y le dieron las gracias por sus palabras, sentían alegría y agradecimiento en sus corazones por tener a su lado a un buen amigo que les había advertido de la suciedad en su rostro,− entiéndase que tipificaba el alma −y que aunque habían girado su rostro para ver a Anabela que había intentado seducirlos con su desnudez, el correr a la fuente de agua para lavarse no solo el rostro, también la cabeza y todo el cuerpo si era necesario, los dejaba limpios nuevamente para poder servir en esa gran celebración que estaba a pocas horas de llevarse a cabo.

Ángel los observaba a lo lejos y sonrió al verlos abrazados, iba a acercarse a ellos, pero había un asunto urgente que arreglar antes de que llegaran los invitados a la cena, y con pasos fuertes se encaminó hacia el sureste de la imponente montaña que se erguía desafiante y retadora, con sus faldas tupidas de espesa vegetación que fácilmente podían atrapar a cualquiera en un laberinto sin salida, pero Ángel no era del tipo de personas que se amedrentara con cualquier cosa, él no era un tipo común y corriente.

Él era atrevido, valiente, revolucionario y hasta muy terco para algunas personas. Pero también era dócil, espontáneo, paciente y muy amable. Él era un espécimen raro que muy pocas veces se pueden encontrar, para algunas personas era el hombre más fuerte y hermoso del universo entero, para otras era débil y sin gracia.

Causaba admiración tanto en hombres y mujeres, era muy amado y también muy odiado. Lo mismo corrían a abrazarlo que a apedrearlo, su sola presencia imponía respeto y temor, inquietud y paz, las personas podían llorar de alegría, enmudecer o simplemente sentarse a sus pies para escuchar sus conversaciones que siempre estaban impregnadas de algo especial, y que curiosamente calmaba el dolor en esos corazones heridos por las injusticias de la vida.

Sus palabras abrazaban sin tocar a las damiselas desesperadas por recibir amor, llenaban de esperanza a los hombres que ya sin fuerza, sucumbían ante el azote del enemigo y del régimen injusto que se ensaña con el más débil, llenaba de alegría a las madres que habían quedado frente a una tumba con los brazos vacíos llorando la partida de sus hijos, sus palabras tenían el poder de levantar la cabeza de las viudas y abandonadas, él era la voz de la mujer, la fuerza de los hombres, la seguridad de los más pequeños y el hijo preferido de su padre , que cada vez que lo veía corría a abrazarlo y lo presentaba orgullosamente ante cada invitado que llegaba a esas grandes celebraciones, como la que ocurriría esa noche .

Ángel apresuró el paso y a lo lejos escuchó el aullido de esos hambrientos lobos, pero no retrocedió ni un ápice. Él sabía que hay tiempos en los que no puedes dejarte intimidar ni por el mismo infierno, y levantó la cabeza, manteniendo fija la mirada en la cima de la montaña y comenzó a subir con paso firme, decidido a conquistar esos parajes solitarios donde la muerte puede aparecer en cualquier momento, donde el verde de los enormes arboles es engañoso, porque es ahí, donde menos lo esperas, que puede aparecer el veneno de una serpiente que ha estado quieta esperando el momento oportuno para clavar sus colmillos en el cuerpo de algún transeúnte, porque las cosas hermosas no siempre lo son, y el abismo puede aparecer en cualquier momento de nuestras vidas.

No le tomó mucho tiempo llegar a la cima y del bolsillo de su pantalón saco un estandarte que tenía una palabra escrita con tinta roja. Levantó los brazos hacia el cielo y cerró los ojos, y aspirando el aire fresco de la tarde que ya languidecía, lanzó un grito que se escuchó en todo el universo.

−«¡FUE POR AMOR!»

Acto seguido, colocó el estandarte en el mástil que se encontraba como si alguien lo hubiera puesto en ese sitio desde la eternidad, y el viento llegó a acariciar esa bandera, o más bien, acarició la palabra escrita con tinta roja.

El sol, que ya bajaba a esconderse, adornó por unos momentos el estandarte y la palabra tomo un color rojo intenso, las letras parecieron adquirir un tamaño tridimensional y de pronto parecían saltar del estandarte.

Ángel las veía con una mezcla de alegría y dolor dibujadas en su rostro y por unos momentos quedó estático, ningún músculo de su cuerpo se movía, la respiración parecía haberse alejado de él, todo quedó en silencio y sin movimiento incluyendo a la naturaleza.

Como en una muestra de solidaridad a Ángel, el viento se negó a mecer las hojas de los árboles, el sol decidió detenerse, los animales salvajes enmudecieron, los pajarillos, siempre en movimiento, detuvieron su vuelo, las nubes hicieron lo mismo y el mismo silencio enmudeció haciendo de ese momento algo inolvidable.

A lo lejos se podía distinguir la figura de un hombre sentado sobre una roca, que observaba atentamente la escena. Estaba rodeado de un buen número de sirvientes que mantenían fija su mirada en la misma dirección como sin perder el más mínimo movimiento ese raro acontecimiento.

—Nunca había visto a Ángel así, parece que tiene un gran dolor – Miguel, uno de los sirvientes, rompió el silencio, pero casi se golpeó la boca al darse cuenta de que había hablado en el momento no propicio, porque en ese momento el hombre se cubrió el rostro con las manos.

—«¡Esto es más de lo que puedo soportar!» Exclamó el hombre poniéndose de pie y comenzó a caminar.

A lo lejos, Ángel vio con angustia cuando el hombre se alejaba y se tambaleó ante el dolor intenso que le cruzó por las costillas, y las fuerzas lo abandonaron derrumbándolo en el polvoriento suelo. Al momento de caer un desgarrado grito salió con fuerza de su garganta.

—«¡Padre, no me abandones!»

Pero el hombre no lo escucho, no giro su cabeza, no corrió a auxiliarlo, siguió su marcha alejándose de su hijo lentamente.

Miguel caminaba a su lado con el corazón moribundo de la pena al ver como un hijo sufría y un padre lo ignoraba, pero él era fiel a su amo y no se atrevió a preguntar nada.

Y en ese momento en que el padre de Ángel se alejó, el estandarte cayó sobre el cuerpo sin fuerzas del joven cubriéndolo completamente, el sol emitió un rayo de luz que se depositó suavemente en el cansado cuerpo del muchacho, el viento sopló de nuevo y la palabra AMOR se tiño de un hermoso color nunca visto.

Ángel quedo tirado en el suelo y una sonrisa comenzó a asomar en su rostro, «Fue por amor» —Musitó débilmente.

Y en ese mismo momento, el padre del muchacho giró la cabeza hacia la dirección donde estaba su hijo y dijo: «Te espero en casa mi amado hijo»

Miguel sonrió. Su amo siempre sabía lo que hacía, y el comenzaba a comprender el plan.

CAPÍTULO SIETE

Era un día sumamente ocupado en el hospital donde Valentina estaba recluída, el accidente ferroviario que había sucedido en la madrugada del sábado mantenía la sala de emergencia saturada y el personal corría de un lado a otro tratando de atender a todos los heridos, aunque no era muy diferente a otros días, porque ya sea de día o de noche, días festivos o regulares, siempre hay alguna vida que salvar, un dolor que calmar, y en ocasiones malas noticias que dar a las familias que esperan en la sala de espera.

En cada cuarto de hospital siempre se pueden encontrar rostros llenos de lágrimas, rostros angustiados que piden ayuda a un ser superior porque saben que ya no hay nadie en este mundo con quien acudir en momentos de angustia. También hay rostros llenos de esperanza que en momentos abren sus labios para elevar plegarias a un Dios que ya conocen, rostros llenos de paz y confianza.

Existen también esos momentos de alegría cuando un enfermo le vuelve el alma al cuerpo, historias sorprendentes que causan asombro entre los científicos, los cuales bajan la cabeza ante lo inexplicable y muchos de ellos terminan adorando a un Dios desconocido para ellos, pero muy palpable para quien tiene fe, aunque sea tan pequeña como un grano de mostaza.

En el cuarto donde Valentina estaba dormida había movimiento también, aunque sus padres no estaban ahí para celebrar que su hija estaba despertando de ese profundo sueño, mucho menos para abrazarla y reír juntos por el regalo de la vida, porque cuando un cuerpo enfermo recibe sanidad hay alegría, aunque la sanidad del cuerpo es efímera ya que el cuerpo se desgasta con el paso del tiempo y llega el momento en el que irremediablemente muere, no así el alma que vive para siempre.

Eran alrededor de las tres de la tarde cuando Valentina abrió los ojos sintiendo que todo daba vueltas a su alrededor, un fuerte dolor de cabeza la hizo llevarse instintivamente las manos hacia su frente, pero la voz de un hombre la detuvo y sus manos quedaron literalmente paralizadas sin que ella pudiera hacer nada.

– «Todo está bien Valentina, recibe la paz»

La voz sonó cálida y acogedora, Valentina sintió como si un manto tibio hubiera caído sobre ella arropando su cuerpo y también su alma, cerró los ojos por unos instantes intentando atrapar esa hermosa, aunque desconocida sensación, aferrándose interiormente con todas sus fuerzas a ese momento tan único, sintiendo que su corazón se hinchaba de alegría.

Pasaron unos minutos, o quizá horas, porque Valentina perdió la noción del tiempo cuando abrió los ojos y vio cara a cara a ese varón alto, de piel morena y sonrisa encantadora, que tenía inexplicablemente el pelo blanco, así como la misma nieve que cubría las calles en la temporada invernal de la gran ciudad, los ojos grandes de un hermoso color avellana y unos dientes perfectamente alineados y tan blancos que resplandecían a pesar de que el cuarto estaba completamente iluminado. De su cuerpo emanaba un exquisito perfume que ella nunca había experimentado a pesar de conocer a los diseñadores más exclusivos de América y Europa.

Todo en él era hermoso, único, agradable, algo tan perfecto, tan mágico, tan increíble que Valentina había quedado muda de asombro ante la presencia de ese desconocido, pero muy agradable joven.

Intentó preguntarle su nombre, pero sus labios parecían estar sellados por algo superior, y una paz sobrenatural la había invadido.

Y ahí estaban, hombre y mujer frente a frente, hablándose con la mirada. Ella con muchas interrogantes, pero confiada y llena de paz. Él con los ojos llenos de amor y una luz que hacía brillar su rostro de una forma incomprensible para el ojo humano.

El hombre, que era muy joven a pesar de su blanca cabellera, colocó la mano en la frente de Valentina y el dolor desapareció en tan solo unos instantes dejándola con una sensación de bienestar en el cuerpo y también en el alma.

Una afanadora se detuvo frente al cuarto y estaciono el carrito equipado con los productos de limpieza, tomo un portapapeles y marcó tres cuadros para marcharse después, no sin antes asegurarse de que su jefe no estuviera por ahí cerca.

—«¿Para qué voy a entrar a limpiar un cuarto donde la bella durmiente no ensucia nada? Además, los viejitos latosos no han llegado a verla, yo creo que ya se olvidaron de que tienen una hija enferma. Pobre chamaca, ojalá y mejor se muriera porque estar así ha de ser feo.» —Así fue el pensamiento de la afanadora que llevaba por nombre Gloria.

Y Gloria siguió su camino, ignorando que ese día había faltado a una cita que iba muy de acuerdo con su nombre —Gloria— que estaba escrita en una agenda perfecta para ella.

Quizá si hubiera tomado la decisión de entrar al cuarto hubiera sido testigo del momento más especial en la vida de

Valentina, hubiera podido estar cara a cara con el joven de pelo blanco y se hubiera podido perder en la paz de su mirada, quizá hubiera podido solucionar ese problema con su hijo que la deprimía tanto y hubiera entendido el motivo de su existencia, pero optó por la decisión incorrecta, y aunque había sentido ese deseo de entrar al cuarto y hacer el trabajo que le correspondía, lo ahogo con la voz de la conveniencia perdiendo así la bendición que el cielo había preparado para ella ese día.

La ausencia de ella no pasó desapercibida para el joven que suspiró al darse cuenta de que la afanadora había estado parada por unos instantes frente al cuarto de Valentina, y un destello de tristeza cruzo por su rostro humedeciendo sus ojos por unos segundos.

Valentina lo observó curiosa pero no se atrevió a preguntar nada, él se sentó en la orilla de la cama y le dio un beso en la frente. − «He venido por ti»− Le dijo con una voz tan suave que parecía como traída por el viento de un lugar muy lejano, pero Valentina la escuchó perfectamente.

−«¿Y mis padres, ¿dónde están?» −Fue la respuesta de Valentina que saltó literalmente de la cama con una energía que no era normal en una convaleciente.

Ellos están esperándote, hay una cena esta noche y van en camino hacia la mansión, ese hermoso lugar donde está Papá esperándote.

−«¡Papá! ¡Ya recuerdo!» − Grito Valentina y corrió a los brazos del joven.

−¡Recuerdo muy bien la mansión, con esos colores tan hermosos y el jardín, la fuente y el árbol! ¿Dime, por qué has tardado tanto en venir a buscarme?

– «Porque tú no me habías llamado» – Respondió el joven que rió y la envolvió con fuerza en sus brazos.

–¿Y te he llamado ahora? Valentina se acomodó la bata del hospital y termino de quitarse todos los tubos que la mantenían conectada al aparato que la monitoreaba día y noche, notando con asombro que a pesar del sonido de alarma que emiten cuando son desconectados, nadie se asomaba por el cuarto para ver que sucedía.

–«No te preocupes» – Dijo el joven al notar su desconcierto ante la ausencia del personal médico – Están dormidos, como muchos otros lo están en esta gran ciudad. ¿Nos vamos?

–Por supuesto, cuando quieras, vamos a casa y ya en el camino me cuentas como es que me has encontrado.

–¡Ja! ¿Acaso hay algo imposible para mí? ¿Acaso tú podías esconderte de mí?

–Creo que no…

–Y crees bien, porque no importa que tan lejos puedas irte, prometí que mi amor siempre te alcanzaría, aunque intentaste esconderte y casi logras huir, pero afortunadamente recapacitaste y me llamaste, porque ya sabes… ¡A la fuerza ni los zapatos entran! Y yo jamás obligaré a nadie a que regrese a mí.

Valentina iba a hablar, pero algo dentro de ella la sacudió, el recuerdo de ese árbol frondoso en el jardín de esa mansión se avivó en su memoria, la cortina de humo que estaba en su mente comenzó a disiparse y sin poder evitarlo cayó de rodillas. Una luz la envolvió y cerró los ojos repetidamente para acostumbrarse a esa resplandeciente claridad, y se abrazó con desesperación a los pies del joven solo para darse cuenta de que estaban heridos y ensangrentados.

Y ahí, su corazón se quebrantó, beso con amor esos pies y se acurrucó como una niña asustada que por fin encontraba un lugar donde sentirse segura.

Valentina no supo cuánto tiempo había pasado, ni mucho menos como habían salido del hospital, lo único que sabía era que a cada paso que daba la cortina de humo que le impedía recordar ciertos acontecimientos se disipaba poco a poco.

Caminaba alegremente atrás del joven y estaba ansiosa por llegar a la mansión, aunque no sabía quiénes más estarían en la cena porque por más que pregunto no pudo obtener respuesta.

— «Ya Valentina, tu eres bien impaciente y curiosa, ten calma que ya pronto lo sabrás» Era la contestación que recibía de parte del joven.

—¿Y no me puedes adelantar un poquito de información?

—A ver, ¿qué quieres saber?

—«¡Todo!» Dijo Valentina

—¿Quieres saber todo, pero aún no me preguntas mi nombre? Me llamo Ángel

Valentina se ruborizo de vergüenza por no haber tenido la delicadeza de preguntar , no solo se ruborizo, también se preguntó porque sentía que lo conocía de toda la vida, porque había momentos en los que sabía cuál era el nombre de ese joven pero no podía pronunciarlo, parecía que su lengua se pegaba a su paladar negándose a hablar, su mente era un torbellino de ideas que se amontonaban desordenadamente en algún recóndito lugar de su interior, cual árboles derribados por un huracán, y a la misma vez como nubes de algodón con diferentes colores en las cuales podía saltar sin temor a caerse ni a lastimarse.

Por su mente desfilaban imágenes que ella trataba de atrapar, pero se le escurrían como agua entre los dedos, veía como las letras del alfabeto en su idioma natal formaban palabras y frases conocidas y desconocidas para ella, veía como ella saltaba con los pies descalzos por una calle cubierta de un líquido amarillo que la llevaba a unas escaleras fabricadas con un material que nunca había visto en su vida y que se esfumaban ante sus ojos en instantes.

Mientras caminaban vio a lo lejos tres grandes explosiones y sintió la tierra sacudirse bajo sus pies, pero no sintió miedo, al contrario, sintió alegría la tercera vez que escuchó el ruido que parecía una de esas excelentes obras musicales, donde el violín y el saxofón se acompañan de tal manera que resulta imposible notar que dos instrumentos musicales tan diferentes puedan estar unidos como si fueran uno solo.

Ángel la sostuvo cuando ella casi tropezó con una piedra gigante que apareció casi de la nada en una curva del camino, y a lo lejos se alzó una montaña enorme. Por unos instantes Valentina sintió miedo, pero se aferró al brazo del joven y en ese momento el temor desapareció, cosa que ella notó al instante, y también se dio cuenta que estaba vestida con la bata del hospital y la vergüenza la invadió.

– ¿Por qué no me habías dicho que estoy vestida con esta vieja y horrible bata de hospital? ¡Huelo a enferma, a viejo, a medicina y para colmo me veo horrible!

– «Porque nunca me preguntaste» – Contesto Ángel y le extendió un hermoso vestido hecho con lino de color azul y finos bordados en el cuello y los hombros, junto a un collar de hermosas perlas blancas y zarcillos que hacían el atuendo perfecto para una ocasión digna de reyes y princesas.

–Pero puedes usar este vestido, espero te guste. Lo elegí yo desde hace mucho tiempo, sabía que un día lo necesitarías.

Valentina no sabía qué decir, tomo el vestido casi llorando de la emoción y lo apretó contra su pecho.

–Siempre me ha gustado mucho el color azul.

–Lo sé, es tu color favorito, lo elegimos juntos.

– ¿Juntos? ¿Cuándo fue eso si apenas nos hemos conocido hace un par de horas?

Ángel ignoro la pregunta de Valentina y le pidió que se probara el vestido a lo que ella accedió gustosa, iba a hacerlo, pero algo la hizo detenerse.

–«No puedo Ángel, estoy sucia. No me he bañado quien sabe en cuantos días.»

No bien había hablado Valentina, cuando una fina lluvia comenzó a caer del cielo sobre ella, y en unos minutos la dejo fresca, limpia, inexplicablemente hermosa y radiante, ella pudo ver su rostro reflejado en los ojos del joven y para su asombro estaba irreconocible, con una belleza que ella no podía entender.

Tuvo la intención de preguntar si era ella misma pero no lo hizo, solo cerró los ojos y sonrió al sentir que era abrazada con un amor puro, sublime, tan inmenso que hubiera preferido morir antes de dejar ir esa maravillosa sensación.

Permaneció con los ojos cerrados por varios minutos, disfrutando de ese momento, pero un lejano grito la hizo reaccionar.

—«¡Fue por amor!»

Y en ese momento Valentina comenzó a avanzar hacia lo alto de la montaña con paso firme, decidida, sin miedo, con los pies descalzos y el alma confiada. Se dio cuenta que Ángel no iba a su lado, pero estaba segura de que él la esperaba en algún lugar que ella desconocía, un lugar a donde tenía que llegar, y aunque no sabía cómo lo lograría no sintió temor.

—«¡Si! ¡Fue por amor, y yo llegaré a la meta por amor!» Dijo Valentina levantando la cabeza. El hermoso vestido de lino azul que Ángel le había entregado lucia impecable en ella; y paso a paso dejaba atrás el camino tortuoso que recién había recorrido. Por unos instantes tuvo el deseo de mirar atrás, pero algo la hizo desistir.

—«No mires atrás, sigue a la meta, ya sabes cuál es» – Y Valentina obedeció.

CAPÍTULO OCHO

La enorme mesa estaba adornada con un mantel blanco bordado finamente a mano y un jarrón de vidrio que contenía un ramillete de flores. Claveles amarillos, rosas rojas y gardenias blancas impregnaban la estancia con un grato perfume, una ligera música instrumental se dejaba escuchar y los meseros canturreaban una canción mientras caminaban de un lado a otro en la cocina preparando las deliciosas viandas que degustarían los comensales invitados a esa gran cena.

Benjamín daba órdenes a diestra y siniestra a los cocineros que a pesar de lo ocupados que se encontraban no dejaban de sonreír, bromear y cantar.

—«¡No pudo haber quedado mejor, ustedes son excelentes!» Exclamó Benjamín mientras les daba una palmadita en el hombro a cada uno de los cocineros y salió de la cocina con una gran sonrisa en el rostro, pero la voz de Ángel lo hizo detenerse.

—«Una cena digna de reyes. ¡Hay fiesta y la ocasión lo amerita!»

—«Espero y sea todo del agrado de tu padre.» Benjamín intento hablar con seguridad.

—Voy a bañarme que estoy un poco sucio y muy cansado, se hace tarde y quiero estar preparado para atender a los invitados.

Benjamín había permanecido de espaldas mientras hablaba con Ángel, y eso no era una norma común en él. En la gran mansión era raro que alguien se cansara, se ofendiera o se avergonzara, ya que el padre de Ángel era sumamente bueno con toda la servidumbre, aunque a veces tenía que recordarles las instrucciones que se habían establecido para que todo marchara en armonía entre los empleados y los habitantes.

El puesto de Benjamín como el chef de la mansión era privilegiado y muy bien remunerado ya que cada siete días había grandes celebraciones que requerían que él echara mano de toda su creatividad para la preparación de diferentes platillos que dejaban a los paladares más exigentes totalmente satisfechos, pero había celebraciones aún más importantes que las que se llevaban a cabo cada semana, como la que estaba a punto de ocurrir, y Benjamín era pieza clave en ella.

—¿Sucede algo Benjamín? Te noto un poco distraído.

—¡Señor, tú me conoces tan bien que a ti no puedo engañarte!nLa voz de Benjamín sonaba quebrada por el llanto que ya amenazaba salir de sus ojos.

Ángel no dijo nada, solamente le extendió los brazos y el hombre corrió como niño a los brazos de su padre.

—¡Perdóname! ¡Me avergüenzo de ser tan débil! No debí de ver a esa mujer cuando estábamos en el jardín, no sé qué me paso…

—Quien se acuerda de eso amigo? Ya tu pasado está en el fondo del mar, no lo traigas al presente. ¿Hasta cuándo entenderás que yo no tengo memoria para ciertas cosas? Mejor apresúrate porque ya llega la hora, los invitados están por llegar, ¡Ella regresa a casa hoy Benjamín, y eso me llena de alegría!

Benjamín sonrió reconfortado, Ángel siempre tenía una palabra de aliento para el cuándo más lo necesitaba. Josué pasaba cerca de ellos con el violín en la mano y se detuvo al verlos.

—¿Quién quiere escuchar un poco de música para alegrar el alma?

—Mejor di que quieres lucirte un poco delante de nosotros—Dijo Benjamín que había recuperado el sentido del humor y se dispuso a escuchar al director de música que ya ejecutaba magistralmente la nota musical inundando la atmosfera con hermosas melodías.

Rubén se les unió y le regaló una gran sonrisa a sus dos compañeros, y así permanecieron unos minutos en completa camaradería.

—Amigos —Dijo Rubén — Nunca olvidemos que un lazo de tres dobleces es más difícil de romper. Estamos aquí para apoyarnos mutuamente, ayudarnos a levantarnos cuando estemos débiles y tristes, así fuimos enseñados por Ángel.

—Gracias amigos —Dijo Benjamín y se abrazaron los tres.

—«Bueno, ya dejemos la lloradera y vámonos a trabajar que se hace tarde, ya están por llegar los invitados» —Dijo Josué y se encaminaron a sus respectivos quehaceres.

Todo estaba preparado para la gran celebración a la que habían sido invitados Heliodoro y su mujer, que ya iban camino a la mansión con el alma encogida por el temor de no saber lo que les esperaba. De vez en cuando el anciano observaba con el rabillo del ojo a Catalina que permanecía impávida ante la situación, tratando de parecer fuerte, aunque por dentro desfallecía por el miedo a cada segundo.

—¿Y qué tanto me ves viejo ponzoñoso? Catalina rompió el silencio exasperada ante las miradas furtivas de su esposo que le gritaba con la mirada el miedo que ya se le atoraba en la garganta impidiéndole hablar.

—¡Ay mujer!, ¿pues qué puedo estar viendo? Solo admiro lo chula que te has puesto con los años.

—No sabes mentir Heliodoro. Catalina se acomodó la blusa que dejaba entrever su cuello arrugado por los años —Estas que te mueres del miedo por todo esto que está pasando, y yo también, pero yo sí lo acepto y desde ahorita ya voy pidiendo perdón y misericordia al cielo por todas las burradas que he hecho a lo largo de mi vida. ¡Viejo, nos estamos muriendo!

—Te estarás muriendo tu Catalina, porque yo estoy más vivo que nunca. Ya déjate de tonterías y arréglate bien la blusa que falta poco para llegar, y si te interesa saberlo NO tengo miedo, yo soy hombre de verdad, no como los de ahora que se espantan a cualquier grito y problema.

—«Mejor no hables Heliodoro. ¡Mejor no hables!» Catalina levanto la voz y Heliodoro comprendió que era mejor permanecer callado.

Desde ese momento no volvieron a hablar, cada uno iba sumido en sus propios pensamientos, recorriendo paso a paso cada momento vivido juntos, y separados.

Avanzaron callados, cada cual, enfrentando sus miedos y sus fracasos, con el rostro más arrugado por las penas y remordimientos, queriendo cambiar el pasado, pero sabiendo que eso era literalmente imposible. Faltaba poco para conocer su destino y enfrentar las consecuencias de sus acciones, ambos lo sabían, aunque preferían no hablar del asunto.

CAPÍTULO NUEVE

Habían pasado ya varias horas y Abigail comenzaba a impacientarse tanto, que sin darse cuenta comenzó a morderse las uñas, algo que ella nunca hacía por muy nerviosa que estuviera.

Se puso de pie y dio unos cuantos pasos avanzando hacia la calle principal de la tranquila ciudad, pero fue detenida por una voz que ella conocía muy bien.

—«¿Ya no confías en mí?»

La voz de Ángel se escuchó firme, pero llena de amor, y Abigail corrió hacia él cual niña corre hacia los brazos de su padre.

—Ángel, pensé que ella vendría contigo. ¿Dónde está?

—«Ella viene en camino, ten paz mujer» —Ángel irradiaba alegría, un brillo especial iluminaba su rostro y el tono de su voz era como un oasis en medio del desierto. Tomó a Abigail de la mano y la condujo calle abajo sin que ella opusiera resistencia.

Avanzaron unos cuantos metros y pasaron frente a una casa con un gran portón color amarillo intenso, donde estaba un niño dibujando hermosas figuras que parecían cobrar vida.

Abigail se detuvo y observo la sonrisa en el rostro del pequeño sintiendo su alma llenarse de amor. Iba a preguntarle qué era lo que dibujaba, pero Ángel le pidió no hacerlo con una señal.

– «No lo interrumpas, está dibujando su futuro. Mas adelante lo entenderás»

Una joven de pelo negro y ondulado caminaba descalza por las calles empedradas, pero extraordinariamente limpias, tanto que cualquier persona hubiera podido acostarse sobre ellas sin temor a ensuciar su vestidura.

El caminar por esas calles era algo agradable, cómodo, parecía que el suelo estaba hecho de algodón por la suavidad que se sentía, pero a la vez firme como las rocas.

Las casas estaban adornadas con plantas que colgaban desde los techos, no había semáforos ni autos, pero si había grandes arcos construidos con un fino cristal de diferentes colores. Una suave melodía se escuchaba por las calles, aunque no se veían músicos por ningún lado, y algo sumamente extraño para cualquier persona era el hecho de que no había ninguna luz en las calles ni en el interior de los edificios, pero una blanca luz iluminaba toda la ciudad.

Era la primera vez que Abigail visitaba esa ciudad y al ver tanta majestuosidad, olvidó por unos minutos el motivo por el que se encontraba ahí y se dispuso a disfrutar de lo que sus ojos veían. En cambio, Ángel conocía la ciudad como la palma de su mano, y pasaba saludando hasta los pajarillos que revoloteaban sobre las plantas colgantes.

–En verdad que es hermosa la ciudad. ¿Por qué nunca me habías invitado a conocerla? Preguntó Abigail sin dejar de admirar cada detalle.

–«Porque todo tiene un tiempo bajo el sol mi querida Abigail» Le contestó Ángel al mismo tiempo que señalaba hacia el horizonte para mostrarle a la asombrada Abigail el hermoso espectáculo que se dibujaba en el cielo con un par de nubes color plata y oro.

—¡Esto es asombrosamente bello! —Gritó Abigail y un niño corrió hacia ellos prendiéndose de las piernas de Ángel que le acaricio la cabeza con ternura.

—«¿Te gusta?» Ángel le pregunto al niño que movió la cabeza afirmativamente sin decir nada, y así permanecieron por unos minutos, horas o quizá días, porque cuando tanta belleza se manifiesta no hay noción del tiempo, si es que acaso lo existe en ciudades tan hermosas como lo era esa, que le llamaban la Ciudad del Encuentro.

Un pájaro carpintero copete amarillo los observaba desde su árbol y comenzó a cantar llamando la atención de los tres.

—«Ya viene» Dijo Ángel sonriendo.

El niño, que llevaba por nombre Isaac se arregló el pelo y le guiñó un ojo a Abigail que lo vio con rostro extrañado.

—¿El niño estará en el encuentro? Preguntó tratando de no herir los sentimientos del pequeño.

—Sí Abigail, Isaac debe de estar en este encuentro para que tome una decisión.

Abigail se limitó a sonreír, ella sabía que los planes de Ángel siempre eran buenos, agradables y perfectos, ya que eran aprobados por su padre, y esta vez no sería la excepción.

Y fue entonces que la vio avanzando hacia ellos, con un vestido color azul adornado con bolitas blancas, su pelo café hermosamente adornado con una corona de flores blancas, una inocente sonrisa iluminaba su carita de ángel, en sus manos llevaba una muñeca de trapo y sus pies descalzos estaban increíblemente limpios.

La pequeña, que no llegaba aun a los 7 años, caminaba confiada hacia ellos y sus labios entonaban una hermosa melodía en un idioma extraño.

— ¡Valentina! Abigail gritó con el corazón lleno de amor y corrió hacia la chiquilla que la vio un poco desconcertada, más cuando Abigail la abrazo contra su pecho.

El pequeño Isaac sonrió al ver a la niña y le dio un estirón a la camisa de Ángel para llamar su atención.

—¡Ella es linda, tiene carita de ángel! —Dijo Isaac, y como si eso era lo único que estuviera esperando se alejó corriendo y cantando alegremente, perdiéndose en las hermosas calles empedradas de la ciudad.

Bastaron unos cuantos segundos para que la niña correspondiera al abrazo de Abigail.

Las dos lloraban y reían al mismo tiempo, parecía como si se conocieran de toda la vida, hablaban con fluidez en una lengua extraña y de vez en cuando Abigail acariciaba los rizos de la pequeña, y ella le acariciaba la mejilla.

—¡Te quiero mucha mamá, y lamento que hayas llorado tanto por mí! —Dijo la pequeña y le dio un beso en la frente a Abigail.

Ángel se apartó un poco y las observo a lo lejos con una sonrisa. —«El día en el que la humanidad entienda que nada se mueve sin que mi padre lo permita, serán más felices»— Pensó mientras escribía algo sobre las piedras que se amoldaron inexplicablemente al movimiento de los dedos del joven.

Abigail se acercó a él y lo abrazó dejando escapar un suspiro.

—Estoy lista para partir Ángel. No necesito otro encuentro, puedes decirle a Catalina que es libre de culpa, yo debo de ir a descansar, regreso al mundo donde viviré toda una eternidad.

—Sabía que dirías eso mi querida Abigail— Dijo Ángel y le besó la frente. «Ve en paz y disfruta esa nueva vida, entra en el gozo de tu Señor»

La pequeña y Abigail se abrazaron de nuevo en señal de despedida. Abigail le besó la frente, la niña le besó la mejilla y se dijeron hasta pronto.

—Es hora de cenar —Dijo Ángel, y la niña se agarró el vientre moviendo a la vez afirmativamente la cabeza.

Comenzaron a caminar tomados de la mano cuando el pequeño Isaac salió a su encuentro.

——¡Azul! Dijo y corrió hacia la pequeña sorprendiéndola con un abrazo.

—Nos vemos pronto. ¡Eres linda, tienes carita de ángel!

—Y tú eres el niño más lindo que yo he conocido. ¡Te espero, pronto estarás conmigo!

Un viento fresco se sintió sobre su cuerpo y la niña comenzó a llorar repentinamente.

—¿Por qué lloras? Le pregunto Ángel, y la pequeña Azul se sorprendió al escuchar su propia voz que inexplicablemente tenía el tono de un adulto.

—Él dijo que tengo carita de ángel, y no sabe que he estado atada al mismo demonio. ¡Yo no soy   tan linda como el cree que lo soy!

—No todos los ojos ven, y tu has estado ciega por mucho tiempo, tanto que no has podido ver esa belleza que está dentro de ti.

La niña no contestó, pero sabía que el motivo de su llanto no era solamente por las palabras de Isaac. Ella lloraba porque sabía que había olvidado una misión, porque había estado separada del amor por muchos años, lloraba de tristeza por no haber visto las señales que el mismo cielo le había enviado toda una vida, y mientras lloraba su espíritu se fortalecía, su alma sanaba y los años pasaban asombrosamente delante de ella, transformando su cuerpo de niña en el de una mujer, abriéndole los ojos del alma, haciéndola comprender que era libre de tomar decisiones , porque si bien había elegido aceptar una misión desde la eternidad , ella podía elegir negarse a cumplirla.

La pequeña Azul se convertía en una mujer llamada Valentina, pero en su interior quedaba la confianza plena que solo los niños tienen, iba a preguntar cómo es que estaba sucediendo todo eso, pero prefirió mirar el color azul del cielo, y entendió porque había elegido ese nombre cuando angustiada no recordaba quien era.

Alzó sus brazos hacia el firmamento y bailó de alegría, pero ya no bailó como lo hacía en esas noches de locura, cuando era influenciada por el alcohol y gritaba que era feliz.

Esta vez, bailaba sin música, sin estupefacientes, sin aplausos, y con cada movimiento iban cayendo de su rostro   pequeños fragmentos que parecían escamas sucias y malolientes, dejando al descubierto una belleza que aumento cuando una luz blanca se posó sobre ella. «¡Señor, ahora comprendo todo!» Valentina había parado de danzar al sentir la luz blanca sobre su cabeza, y en ese momento escucho la voz de Heliodoro que discutía algo con Catalina.

−«Nos hemos perdido, esta no es el lugar donde quedamos de encontrarnos con Abigail.» Valentina se acercó a ellos y los abrazo ante la mirada de aprobación de Ángel.

−«Ustedes no están perdidos» − Les dijo. «Ustedes hoy se han encontrado con la fuente de la paz, el amor y el perdón. Les presento a Ángel, quien los llevará de regreso a casa.»

Los viejos cayeron inexplicablemente de rodillas ante el joven que los veía con amor, y en ese momento, la Ciudad del Encuentro fue inundada por la misma luz que se había posado sobre Valentina, haciendo resplandecer el brillo de los arcos con una intensidad asombrosa.

El jardín que había estado invisible apareció ante sus ojos, y en el centro de dicho jardín, una enorme fuente de agua emergió ante la vista de ellos provocándoles un deseo enorme de correr hacia ella. Don Heliodoro no lo dudo ni un instante y corrió hacia la fuente de agua y bebiendo desesperadamente.

Valentina se le unió y bebió también, tomando el agua con sus manos, y mientras lo hacia reía sintiendo una felicidad que nunca había sentido en toda su vida.

Ángel los veía sin decir nada, solo sonrió cuando Valentina decidió entrar a la fuente y bañarse completamente dentro de ella.

Pasaron algunos momentos antes de que ellos comenzaran a escuchar una hermosa melodía y darse cuenta de que las puertas de la gran mansión se habían abierto. Por un momento los dos viejos se miraron sorprendidos y el temor quiso apoderarse de ellos, pero la voz de Ángel los tranquilizo.

−Heliodoro y Catalina, todo ha quedado en el pasado. Abigail los ha perdonado, ella se ha ido a descansar, la cena está servida y mi padre nos espera.

−Tengo mucho miedo −Dijo Catalina.

−¿Solo miedo? − Le contesto Ángel

−Tu sabes que no Señor. Tengo miedo y mucho odio por ese viejo cobarde que es Helidoro. ¿Qué puedo hacer para ya no sentirlo?

−«Ven Catalina, descansa y permite que el amor te limpie.» Ángel abrió sus brazos y Catalina vio frente a ella algo que parecía una cruz, parpadeo varias veces y se dio cuenta que estaba frente a los brazos de Ángel que la invitaban hacia él, y fue en ese momento que sintió la libertad del perdón. Ella no supo cuánto tiempo estuvo en esos brazos, pero si sabía que podía permanecer ahí toda la eternidad y sentirse segura. Y los viejos entraron, pero ya no con el corazón asustado y cargado. Entraron ligeros, sonrientes, confiados. Ángel iba delante de ellos y cruzo el umbral de la puerta. A lo lejos se podía ver la mesa y frente a ella una enorme silla, como un trono de un rey que estaba iluminada con los mismos rayos del sol.

—Padre, ya estamos aquí, he traído tres invitados a la cena— Dijo Ángel y extendió sus brazos hacia el lugar donde estaba el trono.

Y una voz como de trueno se dejó escuchar.

—«Pasa hijo amado. Te esperaba con ansias, te vi en la cima de la montaña librando esa gran batalla, y te vi vencer. Siéntate a mi derecha. Y ustedes, que aceptaron venir a la cena de mi hijo, sean bienvenidos.»

Heliodoro, Catalina y Valentina se unieron en un abrazo, y en ese momento Catalina recordó a aquella niña hambrienta con las manos llenas de ampollas llamada Azul.

—¿Hija, que he hecho? Dijo con lágrimas en los ojos.

—Solo me has amado madre.

«El que crea tener manos limpias, que arroje la primera piedra.»

CAPÍTULO DIEZ

Comenzaba a amanecer y el cielo era bellamente adornado colores nunca visto por Valentina, quien estaba de pie en el centro del jardín esperando disfrutando del hermoso espectáculo.

Los pajarillos entonaban melodías mejor que cualquier orquesta, las mariposas revoloteaban entre las flores silvestres que estaban vestidas con hermosos atavíos, los arboles eran mecidos suavemente por el viento y el sonido de la fuente era la canción más hermosa del universo entero.

Había animales paseando por el jardín y a Valentina le llamó la atención un pequeño perrito que estaba al lado de la fuente. Se acercó a él acariciándole la cabeza y el animalito lamió su mano en señal de gratitud.

Giró su cabeza cuando escuchó unas voces y vio a su padre, el viejo Heliodoro, despidiéndose de alguien a la puerta de la gran mansión. Intentó llamar su atención sin mucho éxito y prefirió dejarlos ir al darse cuenta de que su madre, la paciente Catalina, caminaba a su lado sumamente contenta y lo más sorprendente, iba abrazada a él. «Creo que han tenido una excelente noche estos dos» —Pensó Valentina

—Así es Valentina. Esos dos han tenido la mejor noche de sus vidas. La voz de Ángel se escuchó a su derecha y Valentina sintió un amor que invadió todo su ser.

—Me gustaría preguntarte cómo es que sabes lo que pienso, pero me imagino que me conoces tan bien que con solo verme ya has leído mi mente. —Dijo Valentina sonriendo.

—Te has imaginado bien mi querida Valentina, pero no es el momento de hablar de eso ahora. Ven, que deseo mostrarte algo antes de que te marches.

—¿Me marcharé? Estoy tan cómoda aquí que lo último que deseo es irme.

—Vamos Valentina. Ángel la tomo de la mano y ella se dejó guiar tranquilamente. Por la mente de la chica comenzaron a desfilar escenas de las últimas horas vividas.

Su confusión al no recordar quien era, su angustia al no saber cómo regresar a su casa, su encuentro con ese hombre montado en el asno y tan parecido a Ángel … ¿O acaso era el mismo hombre? ¿Como en la había encontrado en esa cama de hospital? ¿Qué hacia ella ahí? Recordó su encuentro con sus padres en ese lugar, la suculenta cena a la que habían sido invitados, el amor que sintió al entrar en ese lugar.

Recordó el llanto, la risa, la confusión, pensó en esa hermosa niña vistiendo ese hermoso vestido color azul, pensó en esa mujer de nombre Abigail que la había abrazado con tanto amor… ¿O a quien había abrazado? ¿A ella o a la niña?

No supo cuánto tiempo caminaron, pero en realidad a ella ya no le importaba. En ese lugar todo parecía no tener mucha lógica, pero al lado de Ángel todo tenía una explicación y eso la tranquilizaba.

Llegaron a la cima de la montaña y el la invito a sentarse, a lo que Valentina accedió sin decir una palabra. Ella sabía que estaba por descubrir algo que ya la llenaba de paz y amor.

Y de pronto la vio... A unos cuantos metros de distancia estaba la pequeña Azul, con su vestido adornado con bolitas blancas, sus rizos castaños y una angelical sonrisa. Valentina iba a decir algo, pero Ángel le hizo una señal con la mano indicándole que guardara silencio.

—Solo observa — Dijo Ángel.

La pequeña Azul parecía hablar con alguien y afirmaba algo con la cabeza. Había momentos en los que se quedaba quieta, como si meditara en algo, y en su carita hubo momentos en los que la tristeza se dibujó, pero también la alegría.

Después de un tiempo que Valentina no supo si fueron minutos, horas o días, Azul extendió sus brazos hacia alguien y cerró los ojos, y en ese momento se escuchó una voz.

"Nunca te olvides que yo estaré contigo siempre. Solo búscame y me encontraras"

Un estandarte color rojo cubrió completamente a Valentina que permaneció quieta, sin moverse, arropada por esa bandera que la hacía sentir segura, confiada, con vida.

Intentó hablar, pero no pudo hacerlo, pero eso no le importo porque de alguna manera todas sus preguntas estaban siendo contestadas, todos sus temores estaban siendo arrojados lejos de ella, todas sus culpas estaban siendo pagadas por alguien ajeno a ella, toda su rebeldía comenzó a transformarse en obediencia y de pronto sintió una fuerte sacudida dentro de ella y su corazón fue lleno de amor, paz y una inmensa alegría.

Los ojos de Valentina se abrieron y pudo entender todo. Ella había aceptado un viaje y una misión que había sido preparada especialmente para ella. Nadie la había forzado, y nadie la forzaría jamás a hacer algo que ella no quisiera.

Frente a ella paso un pequeño que le sonrió extendiéndole los brazos.

−Necesito hacer un viaje y solo tú puedes llevarme −Le dijo el pequeño.

− ¿Un viaje?

−Sí, debo ir a buscar a alguien que está perdido y no encuentra el camino de regreso a casa. Se llama Heliodoro… ¿Lo conoces?

Valentina corrió a abrazar al pequeño con los ojos llenos de lágrimas.

−Claro que si Isaac −Le dijo «Estoy lista para acompañarte en ese viaje. Cuando gustes nos iremos»

Ángel los vio alejarse y sonrió mirando a Abigail que había llegado para ver la tierna escena.

−Se ven lindos juntos −Dijo Abigail.

− El viejo saltará de gusto al ver a Isaac −Respondió Ángel En ese momento, una serpiente cruzó frente a ellos, pero fue interceptada por Ángel que le coloco su pie derecho sobre la cabeza dejándola inmovilizada completamente, Abigail retrocedió y se colocó instintivamente atrás de Ángel.

− No tengas miedo Abigail. Sabes que siempre estaré delante de ti para mostrarte el camino y protegerte del peligro. Solo sígueme.

—Siempre lo haré Señor. Nunca olvidaré que todos tenemos una misión, nadie llega por accidente —Respondió Abigail.

Y ambos iniciaron el regreso a la casa del padre, silbando alegremente.

EPÍLOGO

Los insistentes golpes en la puerta despertaron a Valentina que corrió a abrir cuando escuchó la voz de Don Heliodoro que la llamaba con urgencia.

—¡Valentina, abre inmediatamente la puerta!

Catalina estaba a su lado tratando de aparentar serenidad, pero muriendo de miedo por dentro.

—¡Ya papá! ¿Qué escándalo es este? Valentina abrió recriminándole con la mirada. La noche anterior había bebido con sus amigos y el departamento estaba hecho un desorden, con botellas por tiradas en el piso, restos de comida y unos calcetines de hombre en el sofá que pusieron furioso a Don Heliodoro.

—¿Se puede saber qué demonios es esto Valentina? ¡Mira en lo que se ha convertido tu vida! ¡Vives de parranda en parranda! ¿Dónde está esa mentirosa de tu amiga Laura?

—¿Me llamaban?

Laura salió de la habitación contigua con el rostro demacrado, y tras de ella un hombre con cara de susto que balbuceó algo y se dirigió rápidamente hacia la puerta.

—¿Por qué me has mentido de esa manera Laura? Gritó Don Heliodoro.

—¡Has angustiado a mi mujer al decir que Valentina estaba dormida por varios días, si algo le pasa tú serás la única culpable! ¡Fuera de aquí mentirosa!

Laura se quedó muda de asombro al escuchar al padre de Valentina, Catalina trató de calmar la situación y Valentina corrió al baño a vomitar.

—Usted está loco Don Heliodoro, yo nunca le he llamado a usted para decirle tal barbaridad, usted me cae mal, pero yo no sería capaz de jugar con algo así. ¡Mejor vaya a ver un psiquiatra que buena falta le hace!

Laura salió dando un portazo y en unos cuantos minutos estaba en la transitada avenida, tomó su móvil y vio varias llamadas perdidas de su amigo Leonardo Pedroza, y en ese momento recordó que él estaba supuesto a llegar a la ciudad la noche anterior.

— Dios mío! ¿Pero cómo me olvide que Leonardo llegaba ayer? Seguramente está furioso conmigo, ¡mejor ni le hablo!

Entro al café ubicado en la esquina de la transitada avenida y pidió un té caliente. Buscó un lugar donde sentarse un momento y tomó el periódico que estaba en una de las mesas, comenzó a hojearlo buscando alguna oferta de ropa, zapatos o cualquier noticia interesante, cuando vio la fotografía de una mujer que abrazaba a una niña de aproximadamente un año.

—¿Dónde he visto estos rostros? Se preguntó a sí misma y leyó la noticia.

«La señora Abigail Aguilar, especialista en medicina infantil murió el viernes por la noche en un aparatoso accidente de tráfico. Nuestras más sinceras condolencias a su familia. Reconocemos su excelente labor en el campo de la medicina infantil y lamentamos que nunca pudo encontrar a su única hija extraviada por más de 20 años»

Absorta en sus pensamientos no se dio cuenta cuando un hombre se paró junto a ella.

—¡Tu sí que eres mala amiga Laura! La voz la hizo casi tirar el periódico y se cubrió la cara al ver que era su amigo Leonardo quien estaba parado junto a ella.

—¡Ay, Dios mío! ¡Que susto me has dado! Primero ese viejo loco que llegó al departamento de Valentina como alma que lleva el diablo, y ahora tú. ¡Hoy no es mi día! ¡Necesito un trago!

Leonardo la observó extrañado, hacía tiempo que no la veía y le resulto difícil creer que su amiga del alma hablara de esa forma.

Él había crecido en la Ciudad, pero se había mudado años atrás a un pequeño pueblo en el centro del País, donde se había dedicado a la cosecha de maíz y a la crianza de caballos pura sangre. Laura le había insistido en que la visitara para presentarle a su amiga, y Leonardo había accedido después de mucho pensarlo.

—Oye Laura, ¿no crees que es muy temprano para que pienses en un trago?

—No, para nada —Dijo Laura, y en ese momento pensó en vengarse de Don Heliodoro.

—Estamos a unos cuantos pasos del departamento de Valentina. Vamos para presentártela, ahí después me dices cómo es que llegaste hasta aquí.

—No soy tan tonto —Dijo Leonardo y tomó el periódico que Laura tenía en las manos. —¡Vamos ya a conocer a tu famosa amiga!

En el interior del departamento, se vivía algo muy inusual. Valentina lloraba como una niña y Catalina la abrazaba con ternura, mientras Don Heliodoro solo atinaba a acariciarse los bigotes pensativos. Lo que acababan de escuchar de los labios de Valentina los había dejado sorprendidos.

—¡Es que por unos momentos pensaba que estaba despierta papá! Ese sueño fue tan real, que les juro que aún siento la presencia de ese joven que me enseño todas esas cosas.

¡Ya díganme la verdad, yo no los estoy juzgando, ya ustedes han sido perdonados!

Doña Catalina vio a su esposo con angustia, iba a decir algo, pero el sonido del timbre que anunciaba visitas la interrumpió.

—¿Y ahora tu qué quieres? Dijo don Heliodoro enfadado al ver la figura de Laura en el umbral de la puerta, pero al ver al hombre que la acompañaba su tono de voz cambio.

—Vengo a ver a Valentina — Se adelanto Leonardo dirigiéndose con paso firme hacia Valentina, que al verlo corrió a sus brazos.

—¿Lo conoces? Dijo Laura al ver la reacción de Valentina.

—No sé cómo se llama, pero si lo conozco.

El periódico cayó de las manos de Leonardo y Doña Catalina suspiro resignada.

—Valentina, tu eres la hija de Abigail Aguilar. ¡Perdóname!

Don Heliodoro abrazó a su mujer y lloraron juntos, esperando el rechazo de Valentina, resignados a pasar sus últimos días en la cárcel por el robo de esa pequeña de rizos castaños que habían alejado de su madre en un momento de desesperación, de egoísmo, un acto que justificaron en el nombre del amor y que nunca imaginaron se descubriría.

La hija de ellos había muerto a consecuencia de una infección en el estómago y había sido atendida por Abigail, que no pudo salvarle la vida a la pequeña y ellos, en represalia y como castigo a lo que llamaron una negligencia médica, se ganaron la confianza de Abigail y robaron a la pequeña Valentina haciéndola pasar como su hija.

Los viejos iniciaron una nueva vida en un rancho lejano, y Catalina se negó a tener más hijos.,Al pasar el tiempo decidieron mudarse de nuevo a la Ciudad ante la insistencia de Valentina que manifestaba un gran rechazo a la vida en ese lejano rancho, ya el asunto de la desaparición de la niña estaba en el olvido y regresaron confiados,

Nadie sospechaba que Valentina no era su hija, pero habían vivido cargando esa culpa tantos años, que al verse descubiertos sintieron alivio y llorando pidieron perdón a Dios por sus culpas.

Valentina se acercó a ellos y los abrazó.

—No sé si fue un sueño, pero sí sé que Dios me envió a esta tierra con una misión, así como envió a mi madre Abigail, y a la hija que ustedes perdieron, y sé cuál es mi misión. ¡Gracias Leonardo por estar aquí!

Leonardo no dijo nada, no entendía lo que pasaba, pero si entendía lo que su corazón le estaba diciendo. ¡Había encontrado a la mujer de su vida!

A lo lejos, un niño de sonrisa traviesa los veía con unas ganas inmensas de abrazarlos. Vió también a Don Heliodoro y sintió amor por el viejo, se acomodó en el sofá sin que nadie se diera cuenta, pero una voz lo llamó.

—«No tan de prisa Isaac. Un poco más de tiempo y podrás estar con ellos.»

El niño se levantó y depositó un beso en la frente de Valentina, abrazo a Leonardo y le acarició los bigotes a Don Heliodoro. Iba a preguntar algo sobre Catalina, pero la voz de Ángel lo detuvo.

—«Ya he enviado a alguien para que la guíe hacia mí. No te preocupes Isaac, recuerda que tengo un buen plan para todos»

—«Lo sé Señor... Tú siempre tienes buenos planes... ¡Excelentes planes!» Isaac se aferró a la mano de Ángel y dijo: —Espero no perderme cuando llegue mi tiempo de estar con ellos. ¡Si me desvió del camino, por favor, no dejes de buscarme! ¡Si me pierdo, encuéntrame por favor!

—«Jamás lo haré Isaac. Nunca te abandonaré ¡Siempre estaré a tu lado!»

Nota del autor

Todos llegamos a este mundo con un paquete bajo el brazo lleno de herramientas que nos ayudan a llevar a cabo nuestra misión. Son los talentos que Dios nos ha dado.

Existe una misión para cada ser humano y es irrepetible, todos somos piezas claves en esta tierra. ¡Nadie llega por accidente!

Dios confía en nosotros, sabe que esa misión podemos llevarla a cabo a la perfección.

Las circunstancias, por muy difíciles que sean, te preparan para esa tarea. Encuentra tu misión. ¡Nadie podrá hacerlo mejor que tú!

Para encontrar tu misión, necesitas buscar a quien te envió.

Él es el Creador de todas las cosas.

Él es quien te formo en el vientre de tu madre.

Él es quien te dio los dones y talentos para llevar a cabo esa misión.

Él es quien te ama tanto, que te da la libertad de elegir entre seguir sus huellas o alejarte de Él.

Yo decidí seguirlo, y encontré paz.

Ojalá y tu decidas seguirlo, porque no hay paz más grande que la de Él.

¿Su nombre? Yeshua, conocido también como Jesús de Nazareth.

Él es el camino para regresar a la casa del padre.Si te sientes perdido, no olvides que Él te está buscando. No te escondas más de Él.

¡Él desea tener un encuentro contigo y cubrirte con Su amor!

¡Hoy es el día de salvación! ¡Es el día del encuentro con tu Salvador!

Silvia Kolin

Otros libros por Silvia Kolin

YO SOY CAMILA

<u>sylviakolin@gmail.com</u>